深夜零時に鐘が鳴る

朝倉かすみ

潮文庫

目次

深夜零時に鐘が鳴る

1　吹雪のあと

ひどい吹雪だった。爆弾低気圧が居座ったとのことである。雷も鳴った。地上の者どもをどやしつけるようにして、夜空いっぱい、とどろいた。部屋のなかではときおり照明が点滅した。ジジッという音がそのたび立った。導火線を火が走るような音で、テレビ画面もそのつど揺れた。亀裂みたいな線が斜めに入る。画面のなかで、タレントたちが静止した。すぐに動き出したのだが、一瞬、口の動きと声とが合わなくなった。ぶっ叩かれたか、引きちぎられたようだった。

匂坂展子《こうさかのぶこ》は頬をさすった。テレビ画面が揺れたり割れたりするのに合わせて、片目がつぶらされる。唇の片方が捻り上げられたように歪み、痛いことをされた顔になった。

ぶっ叩かれたか、引きちぎられたような、と頭の裏側を舌先で触れるようにして繰り返す。舌がずいぶん長く伸びている、そんな感覚があった。ただ痛いだけではない。怖いというのでもない。

結局、夜更けまでテレビを観ていた。暖房も、照明も、テレビもつけっぱなしのまま、いつしか寝入ったようだった。起きたら午後五時だったから、たぶん、半日以上眠っていた。外を見たら、暗かった。時刻でいえば夕方なのに、すっかり夜だった。舌打ちが出る。しくじったような感じ。わたしとしたことが、というようなことを考え、街灯がともっているのをぼんやりと認める。高させいぜい四階建てのアパートが寄り集まった界隈《かいわい》である。徒歩で二十分くらいのところに大学があり、住人のほとんどは学生だ。閑静とはいいがたい地域なのに、物音ひとつない。

枕もとに放っておいた眼鏡《めがね》を拾った。手荒な扱いのせいで歪んだ眼鏡だ。踏んづけたこともある。あちこちひん曲がっていて、かけても顔にフィットしない。しかし、これがなければ展子はものがよく見えない。視力〇・〇一だ。裸眼のままでは、音もよく聞こえない感じがする。

よく見える目で再度外をながめた。やはり、無音だ。雪かきをする大家たちのすがたもない。ひょろ長い鉄製の街灯が蜂蜜多めのホットレモネードみたいな明かりを放っている。建物の壁や窓に張り付いた雪を照らし出している。吹雪は去ったようだった。札幌《さっぽろ》。真冬の日曜日。

展子は手袋をはめて、アパートを出た。コンタクトレンズも入れたし、コートも着込んでいる。比翼仕立てで、スタンドカラーのコートである。うつむけば、顎《あご》の下になめらかな毛脚が触れる。色はベージュだ。帽子もかぶりたかったが、とりやめた。手袋、タイツ、ブーツはもちろん、コートのなかに着ているニットおよび膝丈《ひざたけ》スカートも黒なので、全体的な印象はもとよりシックだ。帽子までかぶっては、シック過ぎて気恥ずかしい。それに黒いフェルトのトーク帽は後ろにリボンが付いている。このリボンも面映《おもはゆ》かった。二十九歳。リボンやフリルなどのあまやかな装飾には用心したい年頃だ。うらさびしいムードを醸し出すことになりかねない。

地下鉄に乗る。まちなかに向かっている。クリスマスプレゼントを見繕うつもりだ。二週間以上も間があるから、今日は下見の予定だった。あらかた目星をつけておいて、来週の今日、購入しようと思っている。目星がつかなければ、購入は、再来週の今日に延ばそうと思っている。

こんな予定を胸のうちで立てるのは、展子の性分のなせるわざというものだった。かのじょは、1・外出するのは日曜日、と決めており、2・自分の気に入らないものを買うのをよしとしない。地下鉄南北線、大通《おおどおり》方面行きの車両のシートに展子は深く腰かけている。膝頭をきちんとつけて、背筋も伸ばしている。顎はやや引いており、記念写真を撮られるような風情《ふぜい》。降車駅まで、あと駅ふたつだ。展子は繊維の専門商社に勤めている。休日は毎週土日と祝日だ。事務職だが、五日間も会社に行って仕事をすれば、疲れがたまる。垢《あか》もたまる感じがする。垢はかのじょ自身にも、独り暮らしの部屋のなかにもたまっていくと思える。そこで土曜は掃除洗濯と、お風呂にゆっくりつかる日とした。その後、お手軽価格のワインを啜《すす》りつつ、音楽を聴いたり、読書するのがつねである。昨晩のようにだらだらとテレビを観つづけたあげく寝入ってしまったのは、かのじょにしては、めずらしかった。でも、まったりと過ごしたことには変わりないといえる。土曜の夜はそれが大事だ。

日曜は、展子にとって、真正の休日ではない。月曜の前日という意味合いが強い。「月曜」は、日曜の夕方あたりからかのじょのなかに忍び込み、エンジンを吹かし出す。車にたとえると分かりやすい。勤め先からあたえられた二日間の休日は点検期間のようなものだ。月曜の朝からスムーズに走行できるように、日曜にならし運転をするのだ。そのための外出だった。ただし、スピードを出し過ぎたり、遠くまで出かけるのはあまりよくない。バッテリーが上がってしまうかもしれないからだ。活発に行動し過ぎ、週の初めから使いものにならないような、そんなだらしない社会人にはなりたくない。

展子は、よい姿勢を保ったまま、地下鉄のシートに腰かけている。薄化粧だがアイラインはちゃんと入れ、頬の頂点にチークを淡く差し、肩までの長さの髪をわざと無造作に括《くく》っている。横から見ると、耳の位置の高いのが分かる。その耳の穴の入口のちょっとややこしい構造のところや、その耳の裏側までも、入念に洗ったようだ。かのじょの印象をひとことでいえば、清潔、である。とりつくしまもないほど、といってもいい。地下鉄を降りた。改札を抜け、階段を昇る。

本日の外出は、親と姪《めい》へのプレゼント選びだった。展子は、ふだん、自分の趣味とパーフェクトに一致するものと出会うまで、財布のひもをゆるめない。辛抱強く「運命の出会い」を待つ。

とはいえ、贈り物となると話はべつだ。運命の出会いをいつまでも待つわけにはいかない。期限がある。タイミングもある。逸《いっ》してはならない。それに、たとえこちらの趣味にパーフェクトに適《かな》ったものを選んだとしても、相手の嗜好《しこう》に合致するとはかぎらない。そういうものよ、と頭では分かっていても、プレゼントを開けた相手の目が、わあっ！　というふうに輝かないと、がっかりする。だから、ほどほどのところで手を打つことにしている。

なぜなら、3・展子は、できれば、がっかりせずに生きていきたい、からである。失望と無縁の人生なんてありはしないだろうが、自ら失望の種を蒔《ま》く必要なんてちっともない。そもそも、贈り物は相手の好みを優先させるのが望ましい。相手の喜びそうなものを選ぶのが筋だろう。


とかなんとかいいながら、と、展子は階段をまだ昇っている。わたしがいちばんがっかりしているのは、わたし自身かもしれない。

ひと目惚《ぼ》れした黒いフェルトの帽子は、一遍だって外にかぶって行っていない。「これだ！」と思う眼鏡に出会っていないから、高二の春にあつらえたのをまだ使っている。あのときは、わがままはいうなと眼鏡屋さんで親に一喝されて、と口のなかでいってから、眼鏡をずり上げる仕草をした。コンタクトレンズを装着していても、つい出てしまう癖だった。階段を昇り切って、外に出る。

駅前通りに目をやった。真っ直ぐ延びた道筋の中央分離帯に街路樹が整列している。豆電球で飾られている。寒さのせいで滲《にじ》んで見えた。陽気な曲も聴こえてくる。ジングルとかベルとかオーザウェイとかいっている。

鈴の音に急《せ》かされて、展子の足が早くなった。まず大丸藤井セントラルに向かう。全フロアで文房具やその仲間を商うビルだ。カードを買うつもりだった。下品ではない程度に風変わりで、ちょっと愉快で、できればきれいで、送り主（展子のこと）のセンスのよさがきらりと光るものがいい。

わりと大きく一歩を踏み出したら、ぶっ叩かれたか、引きちぎられたような、と昨晩繰り返した言葉が胸のうちにやってきた。

舌がずいぶん長く伸びている感覚もわいてきて、こちらのほうが強かった。足が止まりそうになったが、実際に止まるほどではなかった。そこまでのショックはなかった。むしろ、展子の歩調は軽快といってよい。クリスマスシーズンにふさわしい足取りを継続している。

ひどい吹雪が通り過ぎたあとの札幌は、新しい雪が積もり、夜でも仄《ほの》白い。冷気のせいで鼻の穴はくっつきそうだが、真水のような匂いが漂っているのは分かる。葉の落ちたトチノキなどの枝に適度なゆるみを持たせて巻き付いた豆電球は星座みたいに輝き、ショップのウインドウにはおよばれ用のドレスに身を包んだマネキンが小さなバッグを提げている。足もとにはプレゼントボックスが数個見端《みば》よく重ねられている。真っ赤なリボン付きだ。

展子の足はスキップしたくなるほど弾んでいたし、えもいわれぬ、わくわくする感じ、に捉えられそうになってもいた。しかし、舌がずいぶん長く伸びている感じ、は消えていなかった。ほんの少しだけ気にかかる。付箋紙が貼られたような心持ちだ。通販雑誌にでもなったようだった。自分というカタログに、だれかがどこかで目を留めて、ページをひらき、欲しいな、と思ったところに、しるしを張り付けられたようだ。が、この比喩《ひゆ》もまた、舌がずいぶん長く伸びている感じがする。頭の裏側を探りつづける感覚がなぜか消えない。若干、苛《いら》、ときたところで、どこからともなく聴こえてきていたクリスマスキャロルが変わる。

♪

We wish you a merry Christmas
We wish you a merry Christmas
We wish you a merry Christmas
And a happy New Year!

♪

子供のころ、通っていた英語教室のクリスマス会で歌った曲だった。先生が教えてくれた訳よりも、隣家のおねえさんが訳した歌詞のほうをよく覚えている。遠いまちにお嫁にいったおねえさんだ。年賀状を貰うたびに子供が増えていた。現在、四人の子持ちである。

クリスマスおめでとう
クリスマスおめでとう
クリスマスおめでとう
それと幸せな新年もね！

展子の足が止まった。頭をめぐらし、曲を追う。

嬉しい便りがとどいたんだ。
あなたに、そしてみんなに。
クリスマスのお祝いなんだ。
それと幸せな新年もね！

それから、と、展子は視線をさまよわせた。ビル群の輪郭《りんかく》を凹凸にデフォルメして目でなぞっていく。夜空を見上げて、その曲の歌詞を思い出す。いちじくプディングを早くたべたいよ、もう待ちきれないよという話になって、そして、こうつづくのだ。

ここにいるよ。
どこへもいかないよ。
ここにいるよ。

一緒にたべようね！

かぶりを振った。当たりが出た、と直感した。頭の裏側へと舌を伸ばす。ショーウインドウに展示してあるエルメスの新作に見入るふりをして、目を閉じた。どうしたものか、卵の絵が浮かぶ。立った卵がうまいこと積み上げられ、小さなピラミッドを作っている。根を詰めていたわけではないし、形あるものをこしらえようと思っていたわけでもないのに、四角錐が出来上がっていたという具合だ。

首筋が痒《かゆ》くなって、手袋を脱いだ。顎の下を掻く。襟足も掻く。たいへんもどかしい。

ぶっ叩かれたか、引きちぎられたような。「クリスマスおめでとう」の歌。そして、卵のピラミッド。奇妙なことには、指先に、卵の最後の一個を置いた感覚が残っている。四角錐《しかくすい》の頂点につるりと白い卵を載せ、指をそっと離したような感覚だ。

パルコ一階に入っているエルメスから男女のふたり連れが出てきた。そのときには、展子は目を開けていた。視界に入ってきた男女を風景のようにながめる。すれ違ったところで声が出た。

「あ」

ちょっとちょっと、というふうな手振りも出た。脇を過ぎて行った男女の背なかに声をかける。男のほうだ。

「根上《ねがみ》くん」

でなければ、と展子は思っていた。舌を伸ばして頭の裏側を探っていなければ、目の前にいる男の名前など思い出せなかっただろう。久方ぶりの再会だった。六年、とざっとかぞえる。男が首だけで振り向く。

「……テンコちゃん？」

展子の愛称を口にし、からだごと振り向いた。やっぱり、と唇が動く。

「テンコちゃんだ」

薄暗い笑顔を頬に浮かべ、O脚気味の足で歩いてくる。鼻の下を擦ったり、顎に手を当てたりしながら。やや怒らせた肩を互い違いに揺すっている。男のわりには小柄で、肉が薄い上に目に力がないから、威圧感はまったくない。駄目なちんぴらというふうなのだが、それは恰好《かっこう》をつけたいときの根上茂《しげる》の歩き方だった。立ち話ができる距離まで戻ってきた根上茂に、展子は改めて会釈する。口をひらく。

「お元気でした？」

「なんとか」

「お買いもの？」

エルメスの店内を指差したら、根上茂は跳ねるようにしてうなずいた。

「うちのが」

と、ここで言葉を切り、後方に控える女を顎でしゃくる。

「手袋をバッグに括り付けるキーホルダーみたいなやつが欲しいっていうもんで」

なんていったっけ、あれ？　ズボンのポケットに両手を入れ、連れの女を振り返り、声を張った。

「グローブホルダーだってば」

背の低い、ずんぐりした女も負けじと大声を出す。鮮やかなオレンジ色の紙袋を誇らしげにかかげてみせた。

「クリスマスプレゼントだっつって買ったはいいけど、おまえ、当日になったら、またなんかくれっていうんじゃねえの？」

根上茂がもっと大きな声で女にいった。行き交うひとびと全員に聞かせてやりたいふうだった。きゃはっ、と女が笑う。真んなか分けの長い髪を揺すり立てた。上下にプレスをかけたような体軀《たいく》なので、お尻までとどく長い髪は、全体のバランスを著しく損ねている。

「あ」

展子は口をおさえた。女のほうにも見覚えがあると気づく。そら豆さんだ。そうだ、そら豆さんじゃないか。

「毎度お世話になっております」

なんちゃってね。そら豆さんはわりに大きな頭部を突き出すようにして、展子の目の前まで急ぎ足で進んできた。根上茂にぴったり寄り添う。黒子《ほくろ》みたいに小さな目で展子を見た。陰気だが強い視線だ。この男はあたしのものよといわんばかり。展子はひっそりとため息をついた。


そら豆さんは、展子の勤める職場近くにある喫茶店のウエイトレスだ。本名は知らない。顔の輪郭がそら豆によく似ているので、胸のうちでそう呼んでいるだけだ。なんとなく、くずれたムードがある。バックベルトの黒いサンダルを履いているが、ベルトはつねに外している。薄手のブラウスから派手な柄のブラジャーが透けて見え、タイトなミニスカートには横皺《よこじわ》が入っている。長い長い髪の毛を勤務中はひっつめる。ひまなときは解いて垂らし、ハープを奏でるようにして短い指で梳《す》く。カウンター席に腰かけて、むっちりした足を組み、ずっとそうしている。そら豆さん、と展子がかのじょを胸のうちで呼ぶのは、顔の輪郭が似ているだけでなく、かのじょから匂い立ってくるものが、そら豆の匂いと重なるからでもあった。はっきりいって、足の裏の臭いである。

「ご結婚されたんですか？」

たったいま気づきましたというふうに展子はそら豆さんの指輪に目をやった。そら豆さんは、さっきから、左手の薬指をアピールしていた。喫茶店でもやっていた。展子が退社後ひとりでコーヒーをのみに行ったときにも、目の前を左手の薬指が何度も横切ったものである。注文をとるさい、カップをテーブルに置くさい、片付けるさい。

「……ひと月ほど前に」

こほん、と咳払いするような間をとって、そら豆さんが厳《おごそ》かにいった。黒子みたいに小さな目がぴかりと光る。

「おめでとうございます」

「ありがとうございます」

ふかぶかと頭を下げ合い、展子はなんとなし負けた気になった。なにが引き金になったのかは知らないが、そら豆さんは展子を敵対視している。その空気を濃厚に発していた。ふと視線を感じて目を上げたら、そら豆さんがこちらをじっと見ていた、ということがしばしばあった。視線が合うと、そら豆さんはふんっという鼻息が聞こえそうな勢いでよそを向く。だからこそ、展子はそら豆さんの左手の薬指にはめられた指輪に気づかないふりをしていたのだ。とにかく、展子はそら豆さんに「一歩先を行かれた気分」になったのは事実だし、現在、その気分に拍車がかかっている。それはたしかだ。しかし。

「まさか、根上くんの奥さまとは」

と口にしたら、心持ちが落ち着いた。微笑が頰にのぼる。ちょっと失笑じみている。だって、相手は根上茂だ。頭のなかもからだつきも薄っぺらな男、と心中で根上茂を評してみる。夫婦揃っておそらく意気揚々とエルメスに乗り込み、たぶん使いもしないグローブホルダーを購入するあたりも展子の嘲笑を誘った。高級店ならそれでいいと思っているんだな。自分たちに似合うとか似合わないとか考えないんだなあ。

「なんだよ、知り合いだったのかよ」

根上茂がそら豆さんと展子に視線を振り分け、破顔した。

「そっちこそ」

そら豆さんがすねた口ぶりで根上茂の肩を叩く。

「知り合いなんだ？」

いかにも含みがありそうな声音と表情で訊《たず》ねる。小首をかしげている。

「ちげーよ」

ばーか。品格のひの字もない声を張り上げ、根上茂がそら豆さんを肘《ひじ》で小突いた。

「元カノの友だちだって」

それもかなり昔の話で。すねに傷持つ男のようにそういって、展子に視線をちろりと寄越す。

「……そうですね」

展子は頭をかたむけた。襟足をさする。首は、もう、痒くなかった。でも、じんわりと冷たい。昨晩からつづいていた奇妙な感覚のひとつひとつが、暗示だったとふいに気づいた。くわしくいうと、暗示と予感の中間くらいの手触りだった。フッ、と、唇をつぼめ、短く息を吐く。決心と呼ぶにはちっぽけ過ぎるが、その名を口にするのは、それに近い勇気が要る。リコ、と、呟《つぶや》いた。え？　と根上茂が訊《き》き返す。聞こえたくせに、とちょっと思った。おもてを上げて、明瞭に発音する。

「リコ」

柔らかな笑みが展子の口角を押し上げた。胸のうちがかすかにふるえる。

「……ああ、リコね」

根上茂の口角も柔らかに上がっていた。

「そう、リコ」

「リコな」

一度口にしたら、何度も呼びたくなる。わたしたちのリコ、とでもいいたいような連帯感が展子と根上茂とのあいだに生まれ、横たわった。ほっそりとしたからだつきの若い娘が、ほんの少し口を開け、すこやかな寝息を立てているようすが展子のまぶたの裏をよぎる。寝顔に満ち足りた笑みをたたえている。この若い娘がそんなに満ち足りているのは、お腹《なか》がいっぱいか、頬を撫《な》でる風が心地よいか、日差しが穏やかか、あるいは外がたとえ極寒であったとしても、暖かな室内にいられるからだろう。

「いま、どうしてるか知ってます？」

笑いながら訊ねると、

「知ってるわけないって」

即答が返る。

「あれきりだよ、あれきり」

爪楊枝《つまようじ》で奥歯をせせるときのような口の開けようをして、根上茂は息を吸い込んだ。

「知ってるとすれば」

とつづける。

「テンコちゃんのほうじゃないの？」

探りを入れる目をしてきた。展子は黙って首を横に振る。リコの恋人だった根上茂を、仕切り直しをするように見る。根上茂も展子を見ている。展子の唇も、根上茂の唇もひらきかけては閉じるということを繰り返している。六年前、リコはふたりの前からすがたを消した。以降、行方知れずだ。


もう、十年前になる。

ハンバーガー屋でリコと出会った。そのハンバーガー屋は展子が通う大学の近くにあった。展子は十九で、大学でできた友だちとちょくちょく寄った。リコはそこで働いていた。カウンター仕事がひと息ついたら、テーブルを拭いて回った。展子たちが陣取った席の隣が空いていたら、そこのテーブルを、時間をかけて拭いていた。こちらにちらちらと視線を送ってきたり、力仕事でもないのに、よいしょ、と呟いたりした。展子たちの仲間に混ぜてもらいたそうだった。ある日、友だちのひとりが容器を倒して、アイスティーをぶちまけた。カウンターの内側からリコが飛んでき、てきぱきと始末をする。それがきっかけで口をきくようになった。大人数で受ける講義にリコを潜り込ませたこともあった。小学生が拾った子犬を教室に持ち込むのと同じようなものだと展子は思った。

展子の友人たちはリコをめずらしがっていた。リコは展子たちと同い歳らしいのに、冷たいものをのむときは、ストローで氷をガチャガチャとかきまぜる。その、妙に一心なかきまぜようや、展子たちが交わす会話のさいちゅうの、発言者の声を追うときの、テニスを観戦するひとみたいな首の振りようや、せわしくうなずくうなずきよう、半拍遅れて笑うその笑いようが、リコを愛らしく見せた。玩具か、ペットのような愛らしさだ。

半年くらい経ち、展子たちのなかでリコを面白がるブームが下火になった。リコが働くハンバーガー屋にも近寄らなくなった。リコの勤務時間は夕方の四時までで、その少し前に展子たちは店に行き、仕事上がりのリコと落ち合うでもなく落ち合ったものだったのに。

展子がリコと親しくなったのはこのころだった。仕事が退けてハンバーガー屋を出るリコの後ろすがたに声をかけたのがきっかけだ。そのとき、展子はひとりだった。でなければリコを呼び止めなかったと思う。秋だったのだ。黄色や赤に染まった落葉が歩道に敷かれ、歩くたびにカサコソと音がした。乾いた寒風が吹くなかを、リコはオリーブグリーンのマフラーをぐるぐる巻きにして、肩をすぼめて歩いていたのだ。

「あれ、テンコちゃんだ」

振り向いたリコは顔いっぱいで笑った。鼻の頭と頬を赤くしていた。洟《はな》を啜り上げ、テンコちゃん、テンコちゃんと何度も呼んだ。仲間内での展子の愛称を口にするのが嬉しくてならないようだった。それまでそう呼んだことなど一度もなかった。仲間内での展子の愛称は呼び捨てと決まっていた。

根上夫妻と別れて、大丸藤井セントラルに入った。カード売り場で物色を始める。ポップアップ式のもの、純和風なデザインのものなどを順番に見て行く。メロディ付きのを手に取った。ひらくと、クリスマスキャロルが流れる。それに合わせて、カードに描かれた樅《もみ》の木の飾りがランダムに光っては消える。

♪

We wish you a merry Christmas
We wish you a merry Christmas
We wish you a merry Christmas
And a happy New Year!

♪

樅の木のてっぺんに置かれた星、吊り下げられたねじり飴《あめ》や玉や靴下に、順々に明かりがつく。消えたかと思ったら、また明るくなる。同じメロディを練習するように反復する。
「アンド・ハッピー・ニュー・イヤー」
低音で、小さく、展子は歌った。
リコから聞いた言葉のなかで忘れられないものがある。毎年、この時期に思い出していた。ゆるくうなずき、カードを閉じた。棚に戻して、鼻から息を吸う。毎年、思い出していたのだが、展子のその思い出しかたは、ちょっと変わっていた。言葉ではなく、感触で思い出していたのだった。つまり、「まだ言葉として誕生していない、おかあさんのお腹のなかの赤ちゃんみたいなもの」として。

リコを展子の自宅に招《よ》んだことが一度だけある。そのときは、まだ、展子は親もとで暮らしていた。二階にある六畳の展子の部屋に通されて、リコは落ち着かなくしていた。毛玉のついたセーターの袖を伸ばしたり、ぶかぶかのデニムの腰のあたりを気にしていた。どうしてそんな話になったのかは覚えていない。しかし、リコはこういった。ねえ、テンコちゃん。

「今日の夜の上に、明日の朝があるんだよね」

リコによれば、積み木のひとつが一日で、それを縦に積んでいくのが毎日だった。積み木は硬いものではないらしく、「風邪のときに脇の下にはさむもの」の、目盛りをあらわす「銀色のやつ」みたいにぷるぷるしているのだそうだ。今日の朝の上に昼が乗り夜が乗る。今日の夜の上に明日の朝が乗り、昼が乗る。リコの時間は足し算で流れているようだった。巷間《こうかん》よく聞く砂時計のイメージとは逆だった。

「それでね」

リコがいった。

「熱をはかったあとは、ぶるんと振るでしょ？」

体温計の話をしているらしかった。

「振るね」

水銀式のものならだけど。そう答える展子にかまわず、リコはこうつづけた。

「あれが、お正月なんだ」

「ぶるんと振るんだ？」

体温計を振る身振りをして、展子が訊いた。少し笑っていた。新しい気分になっていた。お正月、と呟くと、清涼な風がからだじゅうを行き渡る。

リコは、うん、とうなずき、

「お正月になるとね、なにもかもいったんチャラになるんだよ」

と胸を張った。ああ、そういう感じだよね。展子はそう返したのだが、リコの言葉は、かのじょが行方知れずになったときから、独特の重みを持ち始めた。苗字はたしか、と、展子はリコの本名を思い出そうとする。眼鏡をずり上げる仕草が出る。松本、だった気がした。十二月七日。

2　ミツバチ・ベーカリー

リコは根上茂と二年間ほど付き合っていた。うち一年弱は一緒に暮らした。展子が二十一から二十三になる年のあいだの出来事で、学年でいうと大学三年の終わりから卒業して間もなくまでということになる。そのころ、リコはハンバーガー屋を辞めて、アクセサリー屋で働いていた。

アクセサリー屋といっても、と展子はストーブを点けた。ＦＦ式の石油ファンヒーターは据え付けで、おそらくアパートの築年数と同じだから十二年物である。スイッチを入れても、温風が吹き出るまでにやや時間がかかる。

駄菓子屋みたいなものだったし。リコが働いていたアクセサリー屋を頭のなかに浮かべて、洟を啜った。バッグからティッシュを出して、ちんとかむ。ティッシュを丸めて握ったこぶしを腿《もも》の上に戻した。ストーブに向き合って、膝を床につけている。お尻はかかとに乗せていた。たったいま、帰ってきたばかりだ。部屋が暖まったら、コートを脱ごうと思っている。

そのアクセサリー屋の名前は覚えていない。名前で商売をするたぐいの店ではなかった。制服のスカートをうんと短くした女の子や、かのじょたちのボーイフレンド諸君が好みそうなでこでことした服飾雑貨を、十四、五人も入ればせいぜいという店内でところ狭しと商っていた。

リコがその店でバイトをするようになったのは、ハンバーガー屋で同僚だったなんとかちゃんの口利きだったようだ。というよりは後釜《あとがま》で、なんとかちゃんは、その店に少しのあいだ勤めたあと、とあるケーキ屋の販売員に転身したようである。リコの口ぶりから察するに、このなんとかちゃんは着実にランク・アップしているらしかった。時給が上がっていっている点を指しているようだ。なんにせよ、辛抱が肝心というこことをリコはときどき思い出したように口にした。眉間《みけん》に皺を入れ、ずいぶん真面目くさった表情をこしらえて、低い声でいうのだった。ヒメジオンの茎みたいにほっそりとした首を倒して、せかせかと何度もうなずく。

そんなリコの横顔に展子は訊いたことがある。

「ケーキ屋さんって、そんなに時給がいいの?」

「『そんなに』ってわけじゃないけど」

リコは少し笑った。訊ねた展子の口もとを映したような笑い方だった。唇を片側だけ上げ、歯茎をちらと覗かせる。

でも、制服が異常に可愛くて、と件《くだん》のケーキ屋さんが羨ましい理由をいくつか述べたのだが、説得力はほとんどなかった。ただ「いっている」だけなのだろうと展子は見て取った。だれかの意見をいかにも自分のもののようにして、ちょっと「いってみた」だけなんだろう。リコにはワンランク上を目指すとか、そういった確固たる意思はなかったはずだ。

リコは、ハンバーガー屋でも、アクセサリー屋でも、たいそう満足しているように見えた。

環境に馴染みやすい質《たち》らしく、ハンバーガー屋ではスマイル百パーセントであんなにてきぱきと仕事をしていたのに、アクセサリー屋に移ったとたん、蓮《はす》っ葉《ぱ》なふうを装い始めた。展子が顔を出したら、レジ台の奥でかったるそうに首筋を揉《も》んでみせたりした。いらっしゃいませー、とちっとも心がこもっていない声を出しながら、からだを斜めにして客を掻《か》き分け、店先までやってくる。

「テンコちゃん、きてたんだ?」

あともう少しで休憩だから、わるいけど、待っててくれる? と筋向かいにあるカフェを顎でしゃくった。そんなときのリコは小鼻が少々膨らんでいて、ピスピスと音が漏れ出てきそうだった。


暖まってきた部屋のなかで展子は微笑した。

襟足に手をやると、首がすくまる。指先は、まだ冷たかった。ニットの袖口から互い違いに手を入れて、前腕を揉むようにして指先を温める。ストーブの温風をまともに受けて、目が乾いていた。長めのまばたきをひとつしてから、立ち上がる。脱いだコートをポールハンガーにかけた。洗面台で手を洗い、コンタクトレンズを左から外す。

吹雪が去ったあとの夜は、日曜の夜ということを勘定に入れても、静かだった。展子の立てる音だけが部屋にひびく。コンタクトレンズを外したばかりだから、普段、裸眼で見るよりも視界がぼやけている。ぎゅうっと目を細め、鏡に映った自分の顔を捕まえようとしたら、目を細める音も聞こえたような気がした。耳のなかからだ。クリスマスキャロルを口ずさんでみて、その曲を、ずっと繰り返していたことにも気づく。

リコが働くアクセサリー屋には、狭い店内にもかかわらず、鍵のかかったガラスケースが置いてあった。そのなかに、わりと値の張る装身具がほんのちょっぴり陳列されていた。店員に鍵を開けさせてまでして見る客は滅多になく、この数少ない客のひとりが根上茂だったというわけだ。

かれは足繁くその店に通い、銀色の鋲《びょう》を打った革のリストバンドやチョーカーや、ドクロのモチーフのごつい指輪などを気前よく買っていったらしい。足よりも細いのではないかと思われる革のパンツにどた靴みたいなブーツを合わせ、革ジャンの襟を立てる。ぐるりと店のなかを見渡しては、

「けっこうイイもん、置いてんじゃん」

聞こえよがしの独白をいい、会計をクレジットカードで済ませたようだ。かれの革ジャンには銀色の鋲が大量に打たれていたほか、用途不明のジッパーが、リコいわく「ブラック・ジャックの傷跡」みたいに施されていたそうである。なかなかハードな出で立ちのわりには、七三分けが似合いそうな薄い目鼻立ちで、実際、平生は横分け

にセットしている髪を苦労して無造作に流したり立たせたりしているようだった。アクセサリー屋の店員たちからは、「ヘビメタくん」と陰で呼ばれていたらしい。

リコも面白がってそう呼んでいた。「ヘビメタくん」がクレジットカードを取り出すときのようすや、一括で、と渋い声音《こわね》でいうときの上目遣いを真似してみせていたのだが、いつしか止めた。ヘヴィ・メタルを、ヘビメタではなくメタルと略すようになった。

「……付き合ってるの？」

展子が訊いたときには、たしか、もう、一緒に暮らすという話になっていた。

リコとは月に一度会うか会わないかの間柄だった。もともと、頻繁に会うような、そんなに親しい関係ではなかった。展子にとって、リコは顔見知りに色をつけたくらいの存在で、友人とはいいがたかった。友だちといい切るほど対等なものを展子はリコに感じなかった。

でも、会いに行くのはいつも展子のほうだった。会社訪問や就職セミナーの帰り、リコがいる店に寄ったものだ。

リコに会うと、地べたを歩く感じを思い出した。柔らかな草を裸足でそうっと踏むような感触があった。むずむずとしたくすぐったさが、土踏まずから昇ってくる。踏みしめた草のしるの匂いも立ち上がってくる。細心の注意を払って抽出したような、できすぎたような青臭い匂いだった。ほんの少し苛立つのも、いつものことだった。

化粧を落として、肌の手入れをしながら、展子は苦笑した。地べたただの、柔らかな草だのではなく、わたしはただ、リコがめずらしかっただけなんだ。リコという小動物がね。そう考えたほうがすっきりすると思い直す。だけど……と口のなかでいったら、頰にクリームをすり込む手が止まった。この「……」がリコなんだよなあ、と軽く目を閉じる。

「ベートーベンみたいなの」

ヘヴィ・メタルの楽曲を聴く根上茂のようすをリコはそう評した。かれは頭をかきむしったり、首が折れそうなほど激しく振ったりするのだそうだ。

「聴いてるだけなんでしょ？」

「でも、ごはんをたべるのを忘れるくらい、聴くんだよ？」

「毎日？」

「ていうか毎晩」

「うるさくない？」

「ヘッドフォンしてるから」

あたしが、とリコは自分の鼻先を指差してから、カットソーのタートル部分をつまんでちょっと引っ張った。仕方ないよ、と息をつく。

「ストレス、だいぶ溜まってるみたいだし」

「無職なのに？」


根上茂は展子よりふたつみっつ年上だ。親がマンションだか貸しビルだか貸し倉庫だかをいくつか所有していて、それらを管理する会社を経営していた。ひとりっ子の根上茂は当然、跡継ぎになる。本人もその気でいたようなのだが、専門学校を出たあたりで「待てよ？」と思ったらしい。

「……思っちゃったんだ」と、その話を聞いたとき、展子はそう呟いた。すかさずリコが「疑問を持ったんだよ」と濁りのない声で、おそらくは根上茂からの受売りを披露した。「このままでいいのか、って」と本人になり代わって心情を吐露し始める。

展子は顔の横で手を振って、なおもつづけようとするリコを制した。

根上茂は親が所有するマンションの一室で暮らしていた。やりたいことを探してみるという名目で始めた独り暮らしを親は全面的にバックアップしているようだった。かれが「メタル」に傾倒してからは、部屋の壁を防音に換えてやったそうである。

そんなふうに甘やかされて、根上茂の鬱屈はぎゃくに募っていったらしい。お腹のなかにおさめていたようなのだが、リコと暮らし出してからは、赤ん坊のげっぷみたいにケプッ、ケプッと表に出すようになったのではないかというのが展子の見立てだ。わがままな鬱屈を受け入れ、吸い込んでくれる恋人は、あのころの根上茂にとり最上であっただろう。

「わたしなら、そんなひと、絶対に無理。たとえどんなに好きだっていわれてもね」

絹のパジャマのボタンをはめながら、展子は自分がいった科白《せりふ》を口のなかで復唱した。つい感情がこもる。リコがのろけた根上茂の口説き文句を思い出した。おれにはおまえが必要なんだ、というのは、まことにもって自分勝手ないいぶんである。どこを押しても陳腐、陳腐と音が鳴るような根上茂に手もなくいかれたリコを思えば、柔らかな草を頬張って咀嚼《そしゃく》するような感覚がやってくる。口中に、いっぱいに、青臭い匂いが広がる。舌打ちが出る。

根上茂とはアクセサリー屋の店先で何度か顔を合わせたことがあった。休憩時間だったり、早番で上がったりしたリコと三人で、カフェでお茶をのんだこともある。

根上茂はつねに余裕があるひとのように振る舞っていた。リコを「こいつ」と親指で差しては、気まぐれなおれによくついてきてくれている、というような、やはり陳腐な発言を連発していた。ふたりが交際をスタートさせた月ごとの記念日に贈ったプレゼントを展子に見せるよう、リコを促す。

これも。これも。あ、これも。ピアスや指輪や首飾りをリコは展子にひとつずつ紹介した。そうだ、これも、と、リコは手首を返して差し出した。細くて白いリコの手首には薄青い静脈が走っていた。

「香水?」

くんくんとかぐふりをして展子が訊いたら、

「香水」

とリコが笑った。

淡くて爽やかな香りはリコのムードにマッチしていた。ピアスも指輪も首飾りも繊細なデザインで、たぶん、リコによく似合っていた。

それでも展子は目をそらしたくなった。リコは、もう、毛玉のついたセーターを着ていなかったし、ぶかぶかのデニムもはいていなかった。

代わりに、巻いた髪の毛がふんわりと胸もとで揺れていた。爪は桜貝みたいな色に染め、化粧も流行にのっとったものだった。

展子は根上茂に視線を移した。かれは鷹揚《おうよう》にうなずく。

「いやあ、こいつがテンコちゃんにはお世話になってるみたいで」

頭を掻いた。

「面倒かけますが、よろしくお願いします」


携帯に目をやったら、時刻がちょうど夜半を過ぎた。11：59が0：00に、かっきりと変わる。

掛け布団をはぐって、冷えた敷布にひとまずはからだを横たえた。眼鏡を外して、今夜は眠れそうにない、と思う。根上茂に会ったせいだ。クリスマスキャロルのせいだ。ぶっ叩かれたか、引きちぎられたかしたような感じが継続している。

ひっくるめて、リコのせいだ、と言葉にせずに思った。

きっとそうだ、と、これは太字で書くようにして思った。しまっておいた記憶が一滴ずつ、胸の深いところに落ちていく。どうしたって思い出す。リコがいなくなった日のことだ。

根上茂から電話が入った。就職したてだった展子は教育係の先輩から発注伝票の入力方法を教わっていた。

「匂坂さん、電話。外線一番。男のひとから」

べつの先輩が受話器を置いて、展子に声をかけた。いまどきの新入社員はまったく、というような目配せを教育係の先輩に送るなか、展子は電話に出た。心当たりはなかったが、受話器を手で覆い、息を吹きかけるようにいった。

「もしもし?」

「おれだけど」

どちらさまですか、と訊ねる前に根上茂は、

「リコ、どうした?」

早口でいった。逸《はや》る気持ちをなんとか抑えているのが伝わってきた。

「なあ、リコ、どうしてる?」

根上茂の声が大きくなった。展子は眉をしかめて、受話器を耳から少し離した。この時間なら、と、ゆっくりいった。午後三時少し前だった。

「勤務中なんじゃないでしょうか」

わたしもですけど。尻上がりに語勢を強めた。

「勤務してねえから、電話してんだろうが」

わざわざ電話帳で調べてよ。それはどうも、と答えたら、

「恰好つけんなよ」

と凄まれた。

「リコはどこだ、って訊いてんだよ」

「知りませんよ」

知ってるわけないでしょう？　と声を落とした。さらに声をひそめて、困るんですよ、といった。そういう個人的な事情をいきなり持ち込まれても、といい終わらぬうちに根上茂が怒声をかぶせる。

「昨夜から帰ってこないんだよ」

ベートーベンみたいに頭を揺すり立てるすがたが展子のまぶたの裏を過ぎた。ヘッドフォンでシャットアウトしているものの、轟音《ごうおん》が細く聞こえてくる感じがした。金

魚鉢のなかで泳ぐ橙色《だいだい》の金魚の絵がくる。その金魚と目が合った。金魚がこちらに寄ってきて、口をひらく。耳打ちするようにこういった。

(お正月になるとね、なにもかもいったんチャラになるんだよ)

えいっとジャンプし、金魚は尾びれで水面を打つ。金魚鉢から飛び出す。熱をはかったあと、ぶるんと振る体温計みたいに。

……チャラにしたんだな。展子は思った。ほぼ直感だった。リコがいなくなってまだ丸一日も経っていなかったが、帰ってこないだろうと、これも直感で思った。

「なんか、いえよ」

黙っていたら、根上茂が焦《じ》れた声を出してきた。落ち着かなくしているようすが目に浮かぶ。その証拠に、あいつ、どこにいるんだよ、という声が近くなったり遠くなったりした。頭を揺すり、からだを揺すり、足を踏み鳴らしながら、根上茂は話している。

「あんたが知らないわけ、ないだろう?」

「あなたが知らないことをわたしが知っているわけがないと思いますけど?」

「親友なのにか？」

「……お友だちなら、かのじょには、わたしのほかにもいるはずですが」

「『かのじょ』とかいうな」

あんたがそんなことをいったら、リコが可哀想《かわいそう》じゃないか。

「あんた、『テンコちゃん』なんだろう？」


根上茂の声を耳に残したまま目覚めた。こんな気分で月曜を迎えるのは、展子の意に染まなかった。頭のなかが薄ぼんやりする。寝不足だけとはいいかねる気がして、地団駄を踏みたくなる。思い出し過ぎて、くたびれた。記憶や過去は、それを思い返す、いまの心持ちが反映される。ひと晩で、リコの記憶が当時よりも鮮明になった。

1・リコはわたしを友だちだと思っていた。

2・わたしはリコを捜さなかった。

1と2をつなぐブリッジに、「後ろめたさ」がどっかりと腰を下ろしている。そこにはなるべく触れないようにしてきたのに。

「いえ、実はですね」

リコがいなくなったという根上茂からの電話を切ったら、三時のお茶の時間だった。オフィスのすみにあるミーティング用のテーブルで、展子は教育係の先輩とコーヒーをのみ、甘いお菓子をたべた。

顔見知り程度の知り合いが、なんだかちょっと揉めたみたいで、と注意深くつづける。顔見知りといっても、と学生時代によく行っていたハンバーガー屋のバイトの子で、妙に人懐っこい子で、なぜか懐かれてしまって、と、ここで口をへの字にして、首をかしげた。勤め先の名前をいったつもりはなかったんですが、その子の彼氏というのがわりと粘着質で、なんか、調べ上げたみたいなんですよね、ここの電話番号。

教育係の先輩は女友だちのようにうなずいた。

「痴話喧嘩《ちわげんか》に巻き込まれたってわけね」

落ち着いた大人の女みたいに、話の分かるところを見せたのかと展子は思った。しかし、甘いお菓子をパク、パク、パクと三口でたいらげ、

「へー、そうなんだ」

と間延びした声を発した顔つきは、小さな女の子か、あるいは、通りすがりのおばちゃんのようだった。展子より三歳年上だが、たまにこうして年齢や印象の振幅が大きくなる。意識してそうしているというよりは、「いろんな自分」を放し飼いにして

いる感じだ。

「あー、でも」

口のはたに付いた甘いお菓子のかすをなか指で取り、教育係の先輩はふっくらと笑った。

「気をつけたほうがいいかもしれない」

「はい」

膝に手を置き、深くうなずいた展子に、

「ううん、そういうんじゃなくて」

教育係の先輩は、対面している展子へと少し身を乗り出してくる。テーブルに前腕を乗せ、背なかを丸め、じわじわと躙《にじ》り寄ってくるように上半身を倒していくようすは、中華そば屋でラーメンを待っている子供か、孫にお年玉を渡そうとするおばあさんみたいだった。

「あさはかな先手を打とうとしたり、相手を丸め込もうとしたりしないほうがいいと思うの」

痴話喧嘩は嘘じゃないと思うし、匂坂さんの話したことには、「ほんとう」の部分がたくさん織り込まれているとは思うんだけど、でも、と、教育係の先輩は息継ぎをした。

「いま、わたしに話してくれたことは、たぶん、黙っていたほうがよかった」

展子は顔を上げて、教育係の先輩の目を見た。どことい って特徴のない顔立ちのなかで、奥二重の茶色い目が遠くを見やるように細められる。

でも、黙っていられなかった。根上茂の電話を最初に取ったべつの先輩にも同様のことをいった。二度目だったから、スムーズに話せた。その先輩はたとえ見知らぬひとの噂でも、ゴシップと聞いたら血が騒ぐタイプらしく、痴話喧嘩というお題で話を広げた。

入社して早々、だらしないイメージを先輩や上司に植え付けたくないと展子は咄嗟《とっさ》に考えた。仕事の合間に更衣室で携帯を使う同期もいたが、先輩や上司は明らかに眉をひそめていた。

リコを「顔見知り程度の知り合い」としたことに、痛みを感じないわけではなかった。そうしてその痛みはさかむけみたいに鋭かったが、だからといって、「友だち」とは、やはりいいかねた。のはずなのに、年を経るにしたがい、展子はリコを「友だち」のひとりとして、後輩たちに語るようになった。

だらしない部分がひとつもない女、と周囲に目されるようになったからだと、展子は浅いひとり笑いを頬に浮かべて理由をつけた。

さかむけみたいに鋭かった痛みが鈍痛に変わってくる。いま、月曜の夜。会社から帰って、ひと息ついたところだ。昼休みに、リコの話をしてきた。

ほら、例の友だち、と切り出せば、どら息子に惚れ込んでいいなりになっていて、ある日突然蒸発しちゃった正体不明の女の子ですね、と後輩のひとりが呼応する。そう、その子、と展子も手を打って笑った。

リコの話は何度もしていた。展子の、とっておきの話だった。風変わりで、おろかな友だちがわたしにもいるのよと、展子はアピールしたかった。これでもけっこう交友関係が広いのよ。堅いだけじゃないのよ。

「昨日、その子が当時付き合っていたヘビメタ男とばったり会って」

「どら息子ですか？」

細かくうなずき、びっくりしちゃった、と展子は目を丸くしてみせた。

「だって、エルメスから奥様連れで出てきたんだもの」

「ヘビメタの恰好でですか？」

「ううん。普通のひとになってた」

「ヘビメタが治って、結婚までしてよかったじゃないですか」

結局、親の跡を継いでるんでしょうし。後輩のひとりがいい、べつのひとりがちょっと間をため、

「匂坂さんの、その変わったお友だちは、いま、どこでなにをしているんでしょうねえ」

と、ふうっと息を吐く。これは、展子がリコの話をしたときに、そろそろ終盤という段になって、居合わせただれかがかならず口にする決め科白のようなものだった。

「……さあ？」

展子は頭を軽くかたむける。これもいつものことだった。風変わりな友だちがいたのは昔の話。「おったそうな」で語られる民話のなかの登場人物を思うような気持ちにふと嵌《はま》るのも常。

「どこでどうしているものかしらねえ」

とはいえ、わりと親身な口調で展子は呟《つぶや》く。

「大丈夫ですよ」

明るく声をかける者が現れる。
「匂坂さんがそんなに心配することないですよ」
そうそう、と声が上がる。
「きっと、どこかで、愉しくやってますよ！」

♪

We wish you a merry Christmas
We wish you a merry Christmas
We wish you a merry Christmas
And a happy New Year!

♪

会社で忙しくしているときはいいのだが、部屋に戻ると、リコのことが思われた。
気がつくと、クリスマスキャロルを口ずさんでいる。アンド・ハッピー・ニュー・イヤーと、そこがいいたくて歌っているようなものだった。

「お正月になるとね、なにもかもいったんチャラになるんだよ」

そういったときのリコの得意そうな顔が、展子の頭のなかに、始終ぷかぷかと浮いているような感じである。

いきさつは忘れたが、そのとき、展子は実家にリコを招んだのだった。親には、友だちと紹介した。

「松本です」

リコが礼儀正しく挨拶をしてくれたので、ほっとしたのを覚えている。

展子の部屋に通されて、リコはしばらく立ったまま、とりたてて変わったところがないはずの室内を、口を半分開けてながめていた。机。ふとん。本棚。カーテン。ひとつひとつ指差して、ものの名前を唱えた。

「あたしの家に似てる」

展子のほうに首を戻して、にんまりと笑った。

「でも、あたしの家には、ぴかぴかの台所が付いてるんだ」

展子は曖昧に笑ってうなずいたように思う。リコがいったことは、なんとなく意味不明だった。「家」を「部屋」に置き換えたら、少しは通じる。新築のアパートを借りているのだろうか。

「リコって、友だちと一緒に住んでいるんだよね？」

根上茂と暮らす前のことだった。アクセサリー屋でバイトし出してすぐのころだ。

「ほら、ルームメイトの」

「ミヤコちゃん？」

「そう、ミヤコちゃん」

ケーキ屋さんで働いている子か、と展子は独白した。

「違うよう」

やだもう、テンコちゃん。リコはお腹をかかえて笑った。

「ミヤコちゃんはパン屋さんだ」

売るひとじゃなくて、作るほうのひとなんだ。パンならなんでも作れるよ。ミヤコちゃんはああ見えても努力家だから。

「ああ見えても」といわれても、展子は「ミヤコちゃん」と面識がないので分からない。

「大きい子だよ」

リコが説明し始めた。ミヤコちゃんは、手も足もみんな巨大なのだそうだ。

「行ってみたらいいよ」

そのパン屋には、厨房を見ることができる窓があるそうで、一生懸命働くミヤコちゃんを見物できるらしい。


ミツバチ・ベーカリー。ミヤコちゃんが働いているパン屋の名前を思い出してしまったのは火曜だった。ネットで検索したのも火曜の夜だ。リコの「ほんとうの友だち」はわたしではなくミヤコちゃんに違いないと思ったのは翌朝で、その日、寒波がやってきた。今シーズンいちばん冷え込みが厳しかった。リコは暖かくしているだろうか、ということを展子は思った。そんなことを思ったから、鼻の奥がぬるくなった。ブーツのなかで丸まって冷え切ったつま先をストーブの温風でほぐしながら、携帯を手に取る。けりをつけたいと頭のどこかで考えていた。ミヤコちゃんがミツバチ・ベーカリーでいまでも働いているとは、なぜか、とても思えない。でも。

「ミヤコさんというかた、いらっしゃいますでしょうか」

ファーストネームで呼び出すのは非常識だが、それしか知らないのだから仕方なかった。嗤《わら》われるかと思ったが、

「少々お待ちください」

との返答を聞いて、驚いた。胸のうちがざわめき出す。藻が絡んでいる絵がよぎり、いっそ通信を切ってしまおうかと思った。ミヤコちゃん本人がもしも出たら、あとには退けなくなる感じがする。

「お待たせしました。ミヤコです」

まだコンタクトレンズは外していなかったが、展子は眼鏡をずり上げる仕草をした。着たままのコートのボタンに手をやる。

「もしもし？」

男の声が展子の耳に入ってくる。低くて深くていい声だった。十二月十日。

3
喫茶「喫茶去」

喫茶「喫茶去《きっさこ》」は展子の行きつけの店だ。

お茶でもいかがですか、という意味らしい。仲通りを入ってすぐのところにある。抜ければ屋根付き市場に出る。

展子が勤める繊維の専門商社は本通りに面していた。わざわざ裏通りまで行ってから、屋根付き市場を横断するのが展子の道順なのだった。たとえ見知らぬ男と会う約束をしていたとしても、普段と同じでいたいと思う。

「ミヤコちゃん」は男だったが、それがなんだというのだろう。

わたしはただ、と、屋根付き市場を観光客みたいにそぞろ歩くという体《てい》でなるたけゆっくり歩を運ぶ。案外低い天井から裸電球がぶら下がっていた。温かな色合いの光が、いきものたちや、なまものたちをひとしく照らす。濡れたコンクリートの床も光っていた。つま先の尖《とが》ったブーツで踏み出せば、こぢんまりとした飛沫《ひまつ》が上がる。ぴちゃっ、と、小さな音が跳ね、昨晩の電話を思い出した。


「……ミヤコちゃんですよね？」

「ええ、ミヤコです」

展子の「ミヤコ」は「ミ」にアクセントがあり、かれのそれは平坦だった。

「宮古島のミヤコです」

正しく晴れると書いて、マサハル。そういって息をついたときには、展子が電話をかけた理由をかれは察していたようだった。短い笑い声を立てる。ソーダファウンテンで紙コップを受け取った大男の絵が展子のまぶたの裏に浮かんだ。Lサイズの紙コップを手にして、のっしのっしとベンダーに近づき、ジュースを選ぼうとしている。ベンダーとしては果汁百パーセントのジュースを提供したいところだ。

「松本リコさんの」

いうが早いか、宮古正晴は、はいはいはいとうなずいた。受話器越しだったが、うなずくさまが見えるようだった。

「お知り合いの」

はい、はい、はい。何度も繰り返す。繰り返すたびに声が厚くなった。臍《へそ》のあたりに力が入っていくという感じで、深みが増す。やや黄ばんだ白鍵をひと差し指で叩いていって、音階を下げていくみたいである。ドシラソファミレド。シャープもフラットも入らない。

「ひょっとして、リコ?」

宮古正晴はふいに訊いた。声がぐっと近くなった。ほとんど囁《ささや》き声だ。しかも少々の照れでもって湿っている。かすかなとまどいとちっぽけな勇気がそのまま伝わってきた。糸電話で話しているようだった。振動が見えた気がした。

「なわけないか」

ひとりごちた宮古正晴に、

「なわけないです」

軽口をきけたのは、かれの笑いようがすこぶるカジュアルだったせいだった。

「じゃあ、『テンコちゃん』だ」

ですよね?　笑みの残った声で肩に手を置くように訊ねられ、展子は自分の姓名をまだ知らせていなかったことに気づいた。

「申し遅れましたが、わたくし」

急いで声を改め、こういいかけたら、

「やっぱりそうだ」

宮古正晴は、まさに正しく晴れるという声で遮《さえぎ》り、こうつづけた。

「リコを捜そうとするのは、『テンコちゃん』しかいませんし」

というか、むしろ「テンコちゃん」ならでは。愉快でならないというふうに「テンコちゃん」を連発する。展子はほんの少し鼻白んだ。わたしたち、そんなに親しくないと思うんですけど？　それに、べつに、捜そうなんて思ってないし。ふたつの思いが合わさって、やや尖った声が出る。

「なにが、どう『ならでは』なんでしょうか」

「リコがいってましたよ」

宮古正晴はここで柔らかに言葉を切った。

「テンコちゃんはああ見えて情にもろい子なんだって」

だから、蛇口をぎっちり締めるんだよ、ってね。蛇口？　即座に訊き返した自分の声を、展子は耳からはずしたくなった。蛇口を堅く締めたような音色だったからだ。

「蛇口」

宮古正晴が低く笑った。

喫茶「喫茶去」に着いた。木製のドアを押すと、内側にぶら下げたカウベルがからころと鳴る。

低い雑居ビルの一階に夫婦が店を構えて十年以上になるらしい。夫の定年を機に始めたという話で、ふたりとも七十を超していた。喫茶店の営業は夜九時までだが、夫婦は六時で仕事をあがり、あとはバイトにまかせる毎日であるようだ。

「ようこそ、いらっしゃいました」

「暖まっていってください」

窓際の席に陣取った展子へかわりばんこに頭を下げて、夫婦が店を出て行った。展子が喫茶「喫茶去」にやってくるのは六時過ぎだから、夫婦といつも入れ違いなのだった。お疲れさまです。マフラーを外す手を止めて挨拶したら、ウエイトレスが水を運んでくるのもいつもと同じだ。

「こないだはどうも」

背の低い、ずんぐりとしたウエイトレスが展子に声をかけた。そら豆さんだ。四日前の日曜日、まちなかでばったり会った。かのじょは根上茂の新妻で、根上茂はかつてのリコの同棲相手で、かれのもとを飛び出したリコはそれからずっと行方知れずで、もう六年になる、と、展子は瞬時「あらまし」を辿《たど》った。

「なんかこう、浅からぬ因縁ってやつだよねー」

そら豆さんも夫から「あらまし」を聞いたようだ。我々はただの客とウエイトレスではなく、実は親しい間柄だったのだと思い込んだようだった。

「おおかた、そんなことだろうとは思ったけどさ」

「どんなことですか」

展子はもの柔らかに、とはいえ、語尾は上げずに訊いてみた。マフラーを丁寧に畳み、窓台に置く。

「結局っていうか、とどのつまりっていうか」

銀色のお盆を胸に抱えて、そら豆さんは結婚指輪を展子によく見せるようにした。具体的には、左手の指を雨だれみたいに動かして、お盆をぱらぱらと打ってみせた。コートのボタンを手探りで外す展子に、

「リコって子・あたし・テンコちゃん」

みたいな？　と今度は右手でお盆を三つ打ってみせる。打つ位置をそれぞれずらし、三人の女を横にならべた。円の両端にリコと展子を置き、そら豆さん自身は真ん

なかだ。してやったりというふうに首をかしげる。

「ね？」

「って？」

着物を肩から落とすようにコートをするりと脱いだ展子は、控えめにお尻を浮かせた。

「だらしなさすぎても、きちんとしすぎても、結局、なんだかなーってこと」

お盆の両端を指差して、そら豆さんがしもぶくれの顔でにたりと笑った。勝ち名乗りを受けた小兵力士のようだった。決まり手は結婚に違いない。


そら豆さんはなぜか展子を敵対視している。いつ、なにがきっかけだったのかは覚えていない。展子が喫茶「喫茶去」に通い始めて一年経つが、気が付いたらつんけんされていた。

おそらく展子と同年輩だ。同じ年頃の女をことごとくライバル視する種類の女だと、初めて目を合わせたときから展子はそう観察していた。思春期時代の自意識をそのまま引きずっているような、とも思った。

アイプチを用いて二重にしたり、制服のスカートのベルトを折り返して短くしたり、びっくりするほどよく撮れたプリクラでの顔を再現しようと夜中にこっそり鏡に向かったりなどの奮闘努力を重ねた過去が、なんとなく忍ばれた。

付け加えれば、その努力がむくわれなかったことも忍ばれた。現実はそら豆さんの思った通りにならず、とにかくなにもかもが捗々《はかばか》しく進まず、鬱屈をお腹のなかに溜めっぱなしという残念な日々を送ってきたのだろう。

いくぶん投げやりになったところで根上茂と知り合い、交際し、めでたく結婚に至った、というのが展子の読みだ。

それなら、心を広く持ち、もう少し寛容になればいいのに、そら豆さんは逆に出た。鬱屈を吐き出すチャンス到来としたようだった。江戸の敵を長崎で討つようなもの。わたしはあなたを一度だってばかにしたことなんてないのに。

と、思えば思うほど、そら豆さんの前でとる所作が丁寧になっていく。ハリセンボンをぷうっと膨らませてやりたい感じに似ている。その針に手をあてて、ちょっぴり眉をひそめたいような。

「……リコって子は男のいいなりになりすぎるし、テンコちゃんはいいなりにならなさすぎなんだね」

そら豆さんがリコと展子の問題点を分析している。完全に大きなお世話だ。しかし、それより展子が不愉快だったのは、そら豆さんがリコを呼び捨てにしたことだった。テンコちゃんと呼ばれるのにも抵抗がある。なのに、展子の口角は持ち上がっていくのだった。

「ほらねー」

そら豆さんが展子の口もとを短い指で差した。その笑いかた！　といい放つ。

「ものっすごい苦笑いじゃん」

そういうのが似合うのは、映画に出てくるような女なわけさ。

「黒、黒、黒、黒」

そら豆さんは読点で視線を止めながら、展子の全身を目でなぞっていった。タートルに膝丈スカート、タイツにブーツ。たしかにすべて黒だが、

「いつも同じ服」

では決してない。

「違いますけど？」

そう、微妙に違うのだ。同じ黒でも素材や袖の付き方やラインが違う。どれもこれも展子が入念にチェックし検討して買ったものだ。

「分かんないって、そんなの」

黒いのを着てるひととしか思われないって。黒、着てればオシャレだと思ってますみたいな？

くっきりとした苦笑いをそら豆さんに向けてから、展子は窓に目をやった。

喫茶「喫茶去」の窓は、「トムとジェリー」のジェリーの家の入口のような形をしている。黒ずんだ木枠でガラスが都合六つに分けられている。外は寒く、なかは暖かいから、ガラスは白く曇っている。その曇りをてのひらできゅっと擦って、家路につこうとする店主夫婦の後ろすがたを見るのが展子は好きだった。今日はそら豆さんに絡まれたので見逃したが。

「そんなんだから、根上と、その、こじれたんだよ」

「こじれる？」

ゆっくりと見向き、下から上へと動かした展子の目を受け止め、そら豆さんはいやにしっとりとかぶりを振った。

「まあ、なんていうか、相手にされなかったっていうか」

「……ちょっ」

ちょっと、それ全然違う。ていうか、なに、その気をつかった感じのいい方。展子が腰を浮かしかけたら、カウベルが鳴った。玄関ドアを振り返ったら、肩幅の広い男が半身を店内に入れたところだった。頭を少し低くしていたから、のれんをくぐったようだった。耳たぶに手をやるくらいの腕の高さでカウベルを触り、また鳴らしてみせる。口もとで笑った。その口もとのまま、展子を見た。軽く会釈したら、真っ直ぐこちらにやってきた。対面《といめん》に腰かけ、頭を下げる。

「宮古です」

喫茶「喫茶去」には、展子のほかに客はひとりもいなかった。

そら豆さんがブレンドコーヒーを運んできた。

ごゆっくり、と慇懃《いんぎん》に頭を下げたそら豆さんを宮古正晴は愉快げに見ていた。取り澄ました歩きようでカウンターに戻って行くそら豆さんの後ろすがたをさりげなく目で追った。カウンターのスツールによじ上るようにして腰を落ち着けたそら豆さんが、カウンター内のバイト男子に「ヤマちゃん、あたしにもブレンド」と声をかけたところで展子に目を戻し、肩をかすかにふるわせた。笑いたいのを堪《こら》えている。

「面白いですね、この喫茶店」

身を乗り出して小声でいった。

「そうですか？」

と答えたら、だって、ほら、と宮古正晴は玄関ドアのカウベルを指差した。

「あれ、牛の首に付けるやつですよね」

コントかと思った。コント？　と訊き返したら、また少し笑った。

「コントでよくありますよね、喫茶店のシーンをやるとき、カランコロンって」

いや、まあ、どうでもいいんですけど。うん、どうでもいいな、とてのひらで頬を包む。

肉の薄い大きな手だった。顔が小さいからそう見えるのかもしれない。顔が小さく見えるのは肩幅が水泳選手みたいに広いからかもしれないし、上滑りのような話をしても浅薄な印象がないのは、早口ではないせいだろう。

「コント、お好きなんですか」

「ベタなのがね」

根が単純にできてるもので。紺色のセーターの襟もとをちょっと気にした。なかに白いTシャツを着ている。その襟がやや縒《よ》れていた。展子が目を外そうとしたら、宮古正晴はコーヒー碗の把手《とって》に指をかけた。が、ふと思いついたというようにして、コーヒー碗を持ち上げるのをよした。代わりに砂糖壺を引き寄せる。蓋を取って匙《さじ》を持

ち、

「おいくつですか?」

と訊く。

「あ。いえ、わたしは」

答えたら、

「そうじゃなくて」

明るく駄目出しされた。曖昧に微笑していると、

「ぼくにも訊いてみてくださいよ」

という。砂糖壺の匙を渡されたこともあり、いわれるまま訊いた。

「おいくつですか?」

「三十二です」

「……ベタですね」

匙を砂糖壺に戻して薄く笑った。

「昭和のベタです」

玄関ドアを指差し、宮古正晴は、

「カランコロンってとこから、もう一度始めましょうか」

と椅子の背にからだをあずけた。しっかりした顎を心持ち上げ、機嫌よさそうにしている。

「いえ、結構」

胸の下で小さく手を振り、展子は息を細く吐いた。

「二十九です」

……ああ、と、宮古正晴がどこか気の抜けた声を発する。

「リコもそのくらいになるのかなあ」


宮古正晴がリコと知り合ったのは、リコがハンバーガー屋で働く以前だったらしい。

学生の感じはなかったようだ。かといって不良娘というふうではなく、宮古正晴いわく、「腹をすかせている」点を除けば、「普通の子」に見えたようだ。

ミツバチ・ベーカリーでパンを焼いている宮古正晴は、客が立て込んだときや、売り子たちの休憩中に店へ出ることがある。

リコが初めてミツバチ・ベーカリーにやってきたとき、店のなかには宮古正晴しかいなかった。五月の、夜に近い夕方の時刻だったと宮古正晴は記憶している。店の窓から外を見ていたからたしかだと分厚い胸を張った。

小さな鉄道駅の付近に立地しているミツバチ・ベーカリーからは、乗り入れする電車が見える。下り電車が駅を出発したら、降り立ったひとたちが構内から断続的に出てくる。

六割方暗くなった空の下をバス停までせかせかと歩く所帯持ちとおぼしき男たちをながめ、パン屋に寄り道するひとはいないな、と宮古正晴は思ったそうだ。そのとき、自動ドアが開いたらしい。

青白い頰をした女の子が店のなかに入ってきた。デニッシュやフランスパンをひとつひとつ見ていきながら、まぶたをなか指で押しては離すを繰り返した。あるいは鼻の下を手の甲で擦り上げた。まぶたも鼻の頭も赤らんでいて、泣いたばかりというふうだった。

「リコが？」

泣く？　そう口にして、唇をつぼめたまま展子はゆっくりと驚いた。リコが涙を流すところなど、想像してみたこともなかった。リコは泣かない子のような気がしていた。

「きっと、すごく哀しいことがあったんだ」

深みのある宮古正晴の声が耳から入り、胸に落ちる。胸には落ちたが、腑に落ちなかった。宮古正晴の言葉を反芻《はんすう》し、違和感を探した。ためしに分断してみる。きっと／すごく／哀しい／こと／が／あったんだ。

「……なんか違うって感じですか？」

ええ、まあ。展子は浅く笑った。上顎を舌先で触るような感覚がやってきていた。

「ぼくも、いった途端に『違うな』と思った」

頭の上で両手を組んで、宮古正晴が展子を真っ直ぐに見た。感情がこもった目をしている。さまざまな「感情」だった。わたしも同じ目をしているだろうと展子は思った。溢《あふ》れ出す寸前の感情が水位を上げている。どう名付けていいのか分からない。ここ数日、リコのことを考えるときに、胸のうちであばれるもの。川に戻した鮭《さけ》の稚魚がちっちゃな波しぶきをたくさん立てて一斉に泳ぎ出すような感じだ。

「リコを見ていると」

宮古正晴が話し始める。目の前で、椅子に深く腰かけているこの男がリコという名前を口にするとき、独特のムードが漂う。フォークミュージックを聴いているようだと展子は感じた。古くから民衆に親しまれている民謡である。そこで口ずさまれる恋の歌は、どんな恋でもなまなましさはさほどない。なぜなら、それはとっくに物語になっているからだ。水に洗われた丸い小石か、あるいは両手で掬《すく》った上澄みのようなもの、と思っていたら、

「蛇口なんですよ」

宮古正晴が顔をかたむけ、声を放った。眉間に皺が入っている。ちょっと苦しそうな表情は、展子がひとりだけ知っている男のそれによく似ていた。薄明かりのなかで見た、行為を終える間際の顔だ。

「ぼくのなかのどこかに、思い切り泣きたいと思う素《もと》があってね」

「ええ」

「それはなんだかぼく自身の欠けている部分とかなり近くて」

「ええ、ええ」

「水道の蛇口をひねれば、じゃあっと勢いよく流れ出そうで、だから普段は蛇口を堅く締めているんだけど、リコは、その蛇口を」

「ゆるめたり？」

「ええ」

「水の量も調節したり？」

「ええ、ええ」

まあ、要は、と宮古正晴はこめかみをそっと掻いた。

「初めて見たときから、やられたわけで」

ここがね、とこぶしで胸を叩いてみせた。座り直す。

泣きべそをかいた女の子の腹が鳴って、お金がないのといわれたら、ちょっとどうしていいか分からなくなるところが当時のぼくにはあって、とつづける。

「ほら、単純だから」

「ベタな状況ですしね」

「泊まるところがないっていわれたら、ひと肌脱ぐ気でいたんだけど」

宮古正晴は無音の笑い声を立ててから、ゆっくりと口を閉じた。

「友だちの家に行くから大丈夫と」

「友だち？」

「えぐっちゃんですよ」

知りません？　展子は頭を横に振った。おかしいな、と宮古正晴も首をひねる。

「リコの幼なじみの『えぐっちゃん』ですよ？」

といわれても展子は聞いたことがなかった。リコの友だちは「ミヤコちゃん」しか知らない。

「でまあ、リコは店を出たんですけど」

宮古正晴は話を戻した。

「ぼくが仕事を終えたら、駅前広場のベンチに座っていて」

ぼくのあげたパンを口のなかに押し込むようにたべていて、と呟くかれに、

「ひと肌脱いだんですね」

と展子がいい、宮古正晴はうなずいた。

「そういうことです」


宮古正晴のアパートに転がり込んだリコは、ハンバーガー屋で働き始めた。アクセサリー屋に転職したのは、「えぐっちゃん」の影響だというのが宮古正晴の見方だった。リコの幼なじみの「えぐっちゃん」はデパートに勤めていたそうである。


「……『えぐっちゃん』ねえ」

展子は首をひねった。デパートで働く友だちのことは、やはりリコから聞いた覚えがなかった。あ、ほら。思い出したというように宮古正晴がひと差し指を立てる。

「ハンカチ、貰いませんでした？」

「ハンカチ？」

「リコとお揃いの」

首を横に振る展子に宮古正晴が説明する。

「『えぐっちゃん』が、売り場で見つけた可愛いハンカチを二枚、リコにあげたらしいんですよ」

「それをわたしに？」

「テンコちゃんとお揃いにするんだって」

テンコちゃん、こういうのきっと好きだよって、足をばたばたさせて笑ってましたけど。若干の間を置いてから、宮古正晴は口をひらいた。

「リコがいなくなったのは、それからすぐでしたけどね」


アクセサリー屋で働き始めたリコは、ほどなくして、宮古正晴のアパートから出て行った。

リコが宮古正晴と一緒に暮らしていたのは約三年間のようだ。展子が十八から二十一になる時期と重なる。高校三年から大学三年になるときまでで、リコが根上茂と付き合い始めた時期とも重なった。

「捜さなかったんですか？」

「捜さなかった」

リコとの暮らしは、と、宮古正晴はここで窓に目をやった。夜のまちに粉雪が舞っている。

「できすぎなくらいスムーズだったからね」

「できすぎ？」

「うまくいえないけど、振り返ったら、ことごとくいい思い出になりそうな感じで」

腹を立てたり気を揉んだり苛々したりとか、そういうことは一度もなかった。ただし、これはぼくの意見だけど。そういって宮古正晴は視線を下げた。

「納得したような気持ちになった」

リコはいつか自分がいなくなる日のための準備をしていたんだなあ、って。展子はかすかにうなずいた。うっすらと理解できる感じがする。いつか、いったんチャラにする気でいるのなら、リコにとってすべてはいわゆる思い出づくりになるかもしれない。それに、と宮古正晴が声を出したので、コーヒー碗につけた唇を離した。

「たまにふらっと店にきてたし」

「ミツバチ・ベーカリーにですか？」

「なかには入ってこなかったけど」

ぼんやりと外からながめていることはあった。でもね。宮古正晴が自嘲気味の笑い声をまぶしながらいい、展子はコーヒー碗を皿に置く。

「一度だけ入ってきたんだ」

ミヤコちゃんの仕事が終わるまで待っていていい？　とリコは訊いたそうだ。行くところがなくなっちゃったんだ、とおでこを叩いて笑ったそうだ。

「それはいつ？」

「五、六年前」


根上茂のもとを飛び出したリコは、宮古正晴のところに戻ったようだ。

ぬるいコーヒーを啜って、展子はいった。

「で、またひと肌脱いだと」

「脱ぎましたね」

宮古正晴は水をのんだ。

「えぐっちゃんは出張かなにかで留守だったし、テンコちゃんは忙しそうだから面倒を持ちかけちゃわるいとリコは思ったみたいだった」

コーヒー碗を皿に置いて、たんたんと語る。申しひらきをするような気配はちっともなかった。だって。

「そのときには、ぼくはもう『どうしていいか分からない』なんていわない歳になっていたしね」

新しい男と別れたばかりの元恋人の心の隙間に、つけ入るくらいのことはできるようになっていたから。

大粒の歯を覗かせてさっぱりと笑う宮古正晴に展子は瞬時、見とれた。

「どのくらいのあいだ?」

リコはそこにいたの、といったら、自分がひどく下品な質問をしている感じがした。「そこ」と口にした途端、宮古正晴の部屋の匂いをよつんばいになってかぎ回っている気になった。

「三ヵ月、も、なかったな」

勤めから帰ってきたら、いなくなっていた。やはりさっぱりとした顔つきで宮古正晴は展子をじっと見る。

「……捜さなかったんですね？」

「捜さなかった」

宮古正晴は目を細めた。

「今度はテンコちゃん待ちってやつで」

「えぐっちゃん待ちではなく？」

「リコを捜すとしたらテンコちゃんでしょ」

えぐっちゃんはたぶん捜す必要がないと思うな。幼なじみだから？　と展子が訊いたら、それもあるけど、と宮古正晴は口ごもった。

「ぼくらのリコとかのじょのリコは違うような気がして」

「それなら、えぐっちゃんってひとを捜せばいいわけだね」

声のしたほうを見ると、そら豆さんがからだをはすにしてカウンターに肘をついていた。むっちりした短い足をようやっと組んでいる。

「それで片が付くわけだ」

腰でスツールをひねり、展子と宮古正晴にからだを向けた。簡単じゃん、と鼻を鳴らす。

「デパートに電話をかければいいんだから」

「でも、『えぐっちゃん』としか聞いてないし」

口もとをおさえながら応じる宮古正晴に、

「『えぐっちゃん』なら、江口だろうさ」

江口以外ならビックリだって、とそら豆さんは自信まんまんだ。ほかにヒントは？　宮古正晴に向かって顎をしゃくる。急にいわれても、と喉の奥で笑っている宮古正晴に、

「かのじょは、根上さんの奥さんなんです」

展子がそら豆さんを紹介した。

「根上さん？」

訊き返す宮古正晴に、

「リコって子が付き合ってた男だよ」

「え」

非常に短く驚いた宮古正晴を無視して、そら豆さんはひとつに括った髪をほどいた。ゴムを腕に通し、おかげさまで宅の主人はここんとこ、思い出にひたりまくりで、としもぶくれの頬を一層膨らませる。その思い出があれよあれよという間にどんどんキレイになっていっちゃってさ。たまったもんじゃないよ、と不貞腐《ふてくさ》れたところ

で玄関ドアのカウベルが鳴った。現れたのは根上茂だ。妻を迎えにきたらしい。

「……カランコロンってとこから、もう一度始めましょうか」

展子が宮古正晴に声をかけ、

「根上を巻き込まないでよね」

とそら豆さんが小声で展子にくぎを刺した。十二月十一日。

4　チェブラーシカ

根上茂は、まず、会釈した。まったくもって「旦那」の風情だった。妻がウエイトレスをやっているだけなのに、喫茶「喫茶去」のあるじのごとく展子と宮古正晴にいらっしゃいませと声をかけた。しかも、その声は絞り出す、といった感じで低かった。柔和を絵に描いたような顔つきをこしらえており、ひと安心だ、なあ、おまえ、というふうにそら豆さんを見る。

「テンコちゃんの男嫌いが治ったようで」

夫婦が小声で話し始める。くすぐりっこをしているような笑い声を立て、肩を小突き合っている。宮古正晴が展子に目を移し、はっきりしない表情で訊いた。

「男、嫌いなんですか？」

「嫌いじゃないです」

即座に答えてから、咳払いをした。

「だからといってすごく好きなほうでもないんですが」

早口で付け加える。普通です、普通、といったら、宮古正晴が口もとを手で覆った。笑っているようだ。でしょうね、とうなずく。

それから、根上茂とそら豆さんにまた目をやった。いちゃつく新婚カップルをながめている。いま、ゆっくりと足を組んだ。腕も組もうとして、やめた。代わりに膝を両手で抱える。かつての恋人が付き合っていた男と、その連れ合いを、景色をながめるように見ている。

展子は宮古正晴を見ていた。正確をきするなら、かれのまなざしに目をこらした。線ではなく、幅のあるものに感じる。そこそこに厚みもあった。宮古正晴のまなざしの範囲だけ、空気が圧縮されているみたいだった。

なんだか、ちょっと、込み入った事態になってきた。展子は「次第」を軽くさらった。リコの年表を胸のうちで作成する。

18〜21歳

（宮古・ハンバーガー屋時代）

○リコ、宮古正晴とミツバチ・ベーカリーで出会い、一緒に暮らし始める。

○ハンバーガー屋でバイトも始める。

○このころ、展子と知り合う。

21〜23歳

（根上・アクセサリー屋時代）

○リコ、アクセサリー屋に転職（幼なじみの「えぐっちゃん」の影響か）。

○根上茂と出会い、一緒に暮らし始める。

23歳

（宮古・無職時代）

○リコ、宮古正晴と再び暮らす。

○展子、根上茂とは音信不通となる。

○三ヵ月後、宮古正晴とも音信不通となり、現在に至る。

宮古正晴が唇を開けた。耳の下あたりから、骨の音が小さく聞こえた。連動して、こめかみに浮かんだ筋がかすかにうねる。みどり色がかった青いやつだ。展子の唇も

ほんの少しひらいた。いまのは見なかったことにして、と、なぜかそのようなことを思っていたら、

「……トラウマがね」

の声が耳に入ってくる。そら豆さんが根上茂に笑いかけていた。やっぱ、トラウマを乗り越えたんだよ。ブラウス越しにブラジャーの肩ひもをかけ直し、展子にちょろりと視線を投げる。

「いうなって、おまえ」

おれ、けっこう微妙な立場なんだからさ。

根上茂もハーフコートのポケットに両手を入れて、展子をちらと見た。こちらはジェームス・ディーンを意識したような上目遣いだ。そら豆さんが耳打ちしてきたので、ん？　というふうに腰を落とした。ん、ん、ん、と忙しくうなずき、声を出さずに唇を動かした。

（吹っ切れたってか？）

と、展子には読めた。意味合いも読めた。

根上茂とそら豆さんのあいだでは、展子が根上茂に袖にされたことになっているらしい。先ほど、知った。宮古正晴を待っているときだ。「そんなんだから、根上に相

手にされなかったんだよ」といった、そら豆さんの得意そうな顔ときたら！　思い出したふりをして噴き出してみようかと考えたが、実行には移さなかった。だって、と、展子は心中で肩をすくめる。

根上茂にふられたテンコちゃんは、そのとき負った心の傷を長く引きずっていたのでした（お気の毒に）。

そんなストーリーが、この新婚夫婦のなかで、どうやら出来上がっていたようなのだ。それは、たぶん、根上茂のちっぽけな見栄から生まれたものに違いない。かれは、テンコちゃんから、ゆえなく軽んじられたと思い込んでいるのだろう。かれが考えているかれ自身よりかなり下の「間違った」評価をされたと信じている。

相手にされていないと感じたのは、そちらのほうだと展子は思う。こちらは礼儀正しく接したはずだ。その一方で、勝手に不服を膨らませ、その裏返しのようにして出《で》鱈目《たらめ》を新妻に吹き込むあたりが、根上茂ならではの所業であるとも思われた。

そのストーリーに乗っかるそら豆さんも、おそらく「ならでは」のひとである。それは最前、かのじょが「テンコちゃんストーリー」に、つづきを付け足したことでいやでも知れる。つまり。

ずうっと忘れられなかった男性とまちなかで偶然再会したテンコちゃんは、かれが妻帯者と知ったのを機に、ようやく過去と決別でき、男嫌いもめでたく解消されたのでした。

おめでとう、よかったね。そんなテンコちゃんに幸あれ、という方向に、そら豆さんとしては是非持っていきたいのだ、と、展子は断定した。なぜなら、リコの関係者が動き始めたことを、夫に知られたくないからだ。リコが夫の前に現れるのを、かのじょは、きっと、少しだけ恐れている。


宮古正晴が息を漏らした。

ぬるい水をひと口、のむ。組んでいた足を下ろし、くっきりとした表情を展子に向けた。雪原に記した足跡の絵が展子のまぶたの裏にきた。ざっくざっくと進んで付けた大きな足の跡である。

「出ましょうか」

勘定書を摑《つか》んで、立ち上がった。展子も腰を上げた。窓台に置いてあったコートを抱え、宮古正晴の背なかに声をかける。

「お誘いしたのはわたしですし」

宮古正晴はもうレジの前にいて、財布を出していた。

「いいんだって、テンコちゃん」

根上茂が口を挟んだ。上顎《うわあご》で舌を弾《はじ》いて、クラック音を立てる。

「お茶代くらい、出させてやってよ」

と、宮古正晴を横目で見た。バイトのヤマちゃんから釣り銭を受け取った宮古正晴が、かすかに笑う。小銭をさらりと財布に落としたら、

「ほら、『ありがとう』は？」

と、そら豆さんが機嫌のよさそうな声をあげた。展子にいっているようだ。（苛）とか（困）とか（怒）の漢字が展子の頭のなかに浮かんだが、

「ありがとうございます」

バイトのヤマちゃんがこう口にしてくれたおかげで、感情を剝き出しにせず済んだ。


夜道を異性と歩いたのは久しぶりだった。

いつぶりだっただろう。風呂場でニットを押し洗いしながら、考えた。一年、二年と年単位でかぞえていった自分自身に展子は少し驚いた。宮古正晴と会ったあくる日の午後八時である。

年単位で思い出すのは癪《しゃく》なので、残業帰りに一緒になった同僚や上司の顔を勘定に入れた。結果、たった三日ぶりということになったのだが、ずるした感じはいなめない。いじましいったらありゃしない。ショートケーキのセロファンを舐《な》めるようなものだ。しかも、そのクリームはちっとも甘くない。できればちゃんと甘いのがいい。となると三年近く前になる。合コンで知り合った役所勤めの中肉中背氏と数度デートしたとき以来だ。

とはいえ、それだって厳密にいえば「ちゃんと」ではなかった。しかし、そんなことをいったら、そもそも宮古正晴とふたりで夜道を歩いたのだって、甘みはさほどではないはずだった。というより、甘いわけがない。リコゆかりの人物に会っただけだ。でも、クリーム独特のこくがあった。九分に泡立てた真っ白い生クリームみたいな手触りが展子の胸に残っている。絞り出し袋に入れて使ったら、口金の跡がしっかり付く、そんなふうな。

ひとけのない狭い道を地下鉄駅まで歩いたのだった。

雪が積もっているので、暗いが白い道である。小商いの店が軒をつらねる界隈だから、夜は早い。通り過ぎる店の全部が閉まっていた。煙草《たばこ》や飲料の自動販売機は切り取ったふうに明るく、展子に歩調を合わせようとはしていたが、宮古正晴の歩幅は広く、一歩、二歩、三歩、と次の電灯までの歩数を展子はかぞえてみたくなった。洗面桶《せんめんおけ》のなかに四角く畳んだ黒いニットを、てのひらで押し付けたり、持ち上げたりを繰り返している。琺瑯《ほうろう》の洗面桶はネットオークションで手に入れた。底に、赤い金魚の絵が描いてある。

およそ三年ぶりに男とふたりで夜道を歩いただけだ。自分の吐く息を暖かく感じただけだ。それっぽっちのことで気分がやや昂揚《こうよう》しているのだ、と鼻先で笑ってみたら、さみしい女になった感じがした。

宮古正晴のようすやムードは決してわるくなかったのだ。ロシアの絵本『チェブラーシカ』に出てくる、わにのゲーナを思わせる。

ゲーナはわにとして、動物園に勤めている。アパートから檻《おり》のなかへと毎日進んで入りに行く。アコーディオンと歌がとくいな、人品卑しからざる紳士である。宮古正晴が紳士かどうかは不明だが、人品に卑しさは感じなかった。ただし、かれのチェブラーシカはリコである。

チェブラーシカ。正体不明の小動物で、天涯孤独。動物園にも入れてもらえず、電話ボックスで暮らしている、かれの友だち。

「きっと、すごく哀しいことがあったんだ」

って、ぼく、さっき、いいましたよね。

地下鉄駅までの道すがら、宮古正晴はそういった。道程の半分過ぎまできたところで、ようやく口をひらいた。

「……ああ」

面食らったものの、展子はすぐに思い出した。宮古正晴が初めてリコを見たときに察した、おおまかな事情である。泣いたばかりというふうだったというリコが涙を流したその理由だ。宮古正晴が鼻の頭を擦ってから、いう。

「違和感、あったでしょ？」

きっと／すごく／哀しい／こと／が／あったんだ。分断してみた感触が展子のなかで記憶とともによみがえった。

「訂正させてもらえますかね」

ほんのちょっとなんだけど。宮古正晴は突風みたいな息を短く吐いた。リコは。

「きっと、すごく、だれかに哀しい思いをさせたんだ」

足を止めた宮古正晴と目が合った。

「こっちのほうが近くないですか？」

からだのわりには小さな頭を傾ける。

「……近い、ような気がします」

とりあえず、ここは納得しましたから。展子は胸に手をあてた。

「通った感じがするし」

とつづけ、顎を上げて、喉を撫でた。

通りましたか。雲がゆっくりと流れるように笑い、宮古正晴はまた歩き始めた。


洗面桶に柔軟剤を入れた。すすぎ終えた黒いニットをそうっと揺する。

宮古正晴は喫茶「喫茶去」で根上茂とそら豆さん夫婦を見て、リコの事情を察し直したのだろう。あのふたり、幸せそうでしたね、と呟いていた。ええ、無遠慮なくらいにね。展子はそう応じたかったが、さりげなく窺《うかが》った宮古正晴の目が穏やかだったので、言葉をのんだ。

黒いニットを洗面桶から取り出して、押し絞る。バスタオルに残った水気を吸い込ませていたら、携帯が鳴った。はとりみちこからだった。

はとりみちこは、会社の先輩だった。

新入社員だった展子の教育係でもあった。

会社は繊維の専門商社だが、もとは三つの問屋である。合併したのは展子が入社した前年で、はとりみちこはもっとも規模の小さな問屋にいた事務員だった。合併後、二、三年して退職した。もっとも規模の小さな問屋出身ゆえの居心地のわるさから辞めたのではない。作家業に専念することにしたのである。デビュー作は『タイム屋文庫』。


土曜日、展子ははとりみちこの家に向かった。手伝いを頼まれたのだった。

札幌の短大で社会学を教えていた、はとりみちこの夫は今春、函館《はこだて》の大学に請われて行った。現在、単身赴任中である。家事が減ったので、はとりみちこは仕事量を増やしたらしい。

「そしたら、ここにきてえらいことになってねえ」

年寄りじみた口調でいったその声を展子は思い出した。

路面電車を待っている。会社近くの屋根付き市場に寄ってから、四丁目プラザ前の電停まで歩いてきた。

「もろもろ押し詰まってきたってわけなの」

はとりみちこは、もう、二進《にっち》も三進《さっち》も、とため息をこぼした。しかし、

「どーしてこうなっちゃったのかなー」

とひとりごちた声はすこぶる呑気《のんき》で、暮れなずむ公園でブランコをこいでいる六歳くらいの女児のようだった。

出版業界には、年末進行というものがあるのだそうだ。年末年始は出版社だって休みになるから、締め切りが揃って前倒しになるらしい。そこで、

「ねえ、わるいんだけど、『猫村さん』、やってくれない？」

というのが、昨晩の電話の要点だった。お正月の準備もあるし、とのことである。テンコちゃんだってお忙しいのはじゅうじゅう承知しておりますが。深く頭を下げるすがたが目に浮かぶような物いいだったが、語尾から笑みがあふれていた。週一家政婦をお願いするというよりは、「猫村さんごっこ」を持ちかけられた感じがあった。

電車に揺られながら、展子は微笑している。

持参したものは胸あて付きエプロンと、屋内市場で購入したタチである。真鱈《まだら》の白子だ。笊《ざる》いっぱいに盛られて千三百円だったのが、真鱈の半身と併せて千円になったのだから、「買い」だった。

土曜日曜の休日のうち、外出するのは日曜だけと決めていた。しかし、はとりみち

こに頼まれたら、ひと肌脱がないわけにはいかない心持ちになる。

はとりみちこが退職してからも、付き合いはつづいていた。顔を合わせることはほとんどなかったが、電話やメールで交歓していた。頻度や濃度からいえば、知り合い程度の淡い間柄だ。けれども、かのじょとの付き合いは、展子にしてみたら、深いのだった。

社会人になってからの知人で、展子をテンコちゃんと呼ぶひとは、はとりみちこよりほかにない。

それは展子がリコとのあれこれを、かのじょにすっかり打ち明けたからである。訊かれて話したのではない。ほんのぽっちり口にした言葉が、話者の展子が思うよりずっと奥まで聞き手のはとりみちこに届いた感触があった。たいそうしっかりとした手触りだった。実感といってもいい。

自分の口からこぼれる言葉は、サイズの合わない衣服のようなものだと展子は思う。丈はいつだって長過ぎるか短過ぎるし、身頃だって広過ぎるか狭過ぎる。

できればがっかりせずに生きていきたい展子には、なんにせよ安全策をとる傾向があった。予めある程度諦めておいたほうがよいという基本方針をいつのころからか立てていた。言葉で気持ちは伝わらないと、はなから心づもりしていれば、がっかりしなくて済むと思う。

けれども、はとりみちこには、展子の言葉が伝えたがっている事柄が、まるのまま届くようなのだ。だから、展子はかのじょに打ち明けることができた。打ち解けることができた。がっかりするのを恐れずに、だ。

首をひねって、車窓から外をながめた。

気温がプラスの今日は、積もった雪がゆるんでいる。ことに車道の雪である。融けて茶色く、タイヤに跳ね上げられるたびに、しゃばっと飛び散る。首を戻して、今度は着膨れした乗り合い客を観察した。暗算しているような顔つきのひとが多かった。師走だな、と思っているうちに、降車駅がくる。

はとりみちこの住まいは、一戸建てだ。一階に三部屋、二階に二部屋ある。

展子が訪問するのは初めてではない。はとりみちこが退職してすぐ、あそびに行ったことがあった。そのときとは、ようすがずいぶん違っていた。

「……荒れてますね」

居間に通された展子の第一声を受け、はとりみちこはへへっと笑った。

二階の二部屋を仕事場にしているはずである。六畳間で書いて、八畳間には本だけを置いていると以前、聞いた。子供のいない夫婦だから、床敷の居間はさっぱり過ぎるほどさっぱりしていて、観葉植物などもいくつか置いて、モデルルームのようだった。

ところがいまや、書籍や雑誌や新聞があちこちに積み上げられており、レースカーテンもくすんだ色合いになっており、センターテーブルの上にはうっすらと埃《ほこり》が積もっており、埃といえば毛玉みたいな割合大きいのが、展子が歩くたびにふわりと舞った。四人がけの食卓の三人ぶんの椅子に、原稿やファックス用紙や資料なんかが載っている。しかも、かなり乱雑に。

「作家ってこんな、なんですか?」

二日前から着ているような、くったりとした風合いのパーカーの襟から手を入れ、肩口を掻いている、はとりみちこに展子はいった。

「お風呂、入ってるんですか?」

「きちんとしているひともいると思う」

まずい、という目をして、はとりみちこが小声で答えた。はとりさんだって、昔はきちんとしてたじゃないですか。口のなかでこういって、展子は窓辺に視線をのべた。よく育った元気なポトスが目に入る。先にきたときはもっと数があったから、生

き残ったのはひと鉢だけらしい。忙しいんですね、という代わりに、

「売れっ子なんですね」

といったら、

「売れてないけどね」

即答が返ってくる。

「だから、仕事があるのはありがたいの」

正直、たまにうんざりするけど。もう、泣いちゃおっかなあ、みたいな？　思い切り軽く、はとりみちこはそういった。ひっつめた髪が少々脂っぽい。

展子は浅くうなずいて、台所に行った。屋根付き市場で買ってきたタチと真鱈を冷蔵庫に入れる。居間に戻って、トートバッグから胸あて付きエプロンを取り出した。午前十一時少し前。手始めにカーテンを洗い、居間にクリーナーをかけ、拭き掃除をしようと決めた。


夜の七時に夕食となった。昼食は抜いた。はとりみちこは展子がくる少し前に起きたばかりで、食欲がないようだった。展子は掃除に夢中で空腹を忘れていた。

お腹の虫が鳴ったのは、夕食の支度をしていたときだった。近所のスーパーまで出

かけて行って、野菜とビールを買ってきた。鍋の準備やポン酢和《あ》えをこしらえていたら、頬がみるみる瘦《こ》けていく気がした。

「お疲れさまです」

二階から降りてきた、はとりみちこが一礼する。

「お疲れさまです」

展子も一礼した。

「せっかくのお休みなのに、労働させてしまって」

といいながら、居間を見回す。半透明の膜を一枚はがしたみたい、と目で喜んだ。全体的に明るくなった。どうもありがとう。語尾を跳ねさせ、またお辞儀をする。

感謝の気持ちもあるだろうが、仕事を終えたばかりでテンションが下がりきっていない状態、と見たほうがいいと展子は感じた。一番風呂を譲り合ったときも、えー、ほんとにいいの？　とわりと高い声を出した。

ビールで乾杯した。タチのポン酢和えをたべながら、鱈ちり鍋ができるのを待った。酒に弱い、はとりみちこは、ビールをグラス十センチぶんも呑んでいないのに、目のふちを赤くさせた。展子の頬もすぐに真っ赤になった。鍋をつつきながら、話をした。リコと、宮古正晴と、根上茂と、そら豆さんの話だったが、メインは宮古正晴になった。

「わにのゲーナ？」

なら、いい男じゃないですか、テンコちゃん。

はとりみちこは、真鱈の皮を剝がしながら、ふっくらと笑った。目を合わさないところを見ると、展子の反応を催促しているのだろう。

「……でも、パン職人だし」

「相変わらず、公務員がいいんだ？」

「初志貫徹ですよ」

小六の卒業文集で「結婚するなら、公務員」とすでに書いていたんですから。展子は薄く笑った。１・公務員であること、２・容姿も性格も普通の範疇《はんちゅう》におさまっていること。以上が展子の考える理想の花婿なのだった。

「普通ねえ」

はとりみちこは、真鱈の小骨を丁寧に抜いている。毛ほどの骨まで取っているところを見ると、いいたいことがあるようである。

「『きっと、すごく、だれかに哀しい思いをさせたんだ』なんていえる男は、『普通』よりも味があるものね」

「ですね」

湯上がりのため、まだ少し湿っている髪の毛を耳にかけて、展子は、宮古正晴ではなく、リコのことを考えた。

水銀式の体温計をぶるんと振るように、お正月のように、なにもかもいったんチャラにすることができると思っているリコを、思った。口もとに力が入る。

いったんはできても、ずっとチャラにしつづけることなんかできないのよ。リコに、そういってやりたくなった。あの細い二の腕をぎゅっと摑んで。少なくとも、あんたと関わったわたしたちは、あんたのことを忘れられないでいるんじゃないの。わたしも、宮古正晴も、根上茂も。ほら、三人もいるんじゃないの。

「……『哀しい』ってね、身にしみていとしい、という意味があるのよ」

知ってた？　とやはり視線を合わさずに訊かれて、展子は首を横に振りかねた。知らなかったが、知っていた気がしてならない。宮古正晴と電話で話したとき、かれが口にした「ひょっとして、リコ？」の声が耳のなかに残っている。

ずっと。

「だから、かれのチェブラーシカはリコなんですね」

「大事な友だちみたいに思っているんじゃない？」

恋人だった時期はあるらしいけど。まーねー、と、はとりみちこは椅子の背にからだをあずけた。骨も皮もない真鱈の切り身を取り皿に置いておいて、窓辺のポトスに視線を移す。

「『大事な』ってとこいらが妙にセンシャルなんだけど」

テンコちゃんだってそうじゃない？

ふいに視線を合わされて、展子は口ごもった。なくはないが、あるともいえない。でも。

「わたし、そっちの気、ないですから」

百合的な趣味もないし、といったが、胸の内側にひっそりと水門がひらいたのを見抜かれた気がした。春菊を頰張る。長ねぎの白い部分も口に入れる。齧《かじ》ったら熱いのが出てきた。火傷《やけど》しそうになった口中をビールで冷やす。その口のなか。

「チェブラーシカねえ」

はとりみちこが腕を組んだ。

「『ばったりたおれ屋さん』ねえ」

といい換える。

映画「チェブラーシカ」全四話完全版公式サイトの解説によると、チェブラーシカは、オレンジの木箱に閉じ込められて、遠い南の国からやってきた、大きな耳の小さないきもの、である。起こしてもすぐに倒れてしまうので「チェブラーシカ（ばったりたおれ屋さん）」と名付けられた。

「テンコちゃん」

はとりみちこが落ち着いた声で展子に呼びかけた。テンションは平常に戻ったようだ。

「『タイム屋文庫』は、ほんとうにあるのよ」

「知ってます」

休業中なんですよね。展子はゆっくりと笑んだ。タイム屋文庫には、いつか行きたいと思っていた。そこに行って、うたた寝すれば、将来の自分の夢がみられるという。目の前にいる、はとりみちこの顔を改めて見た。

はとりみちこは、「みっちゃん」である。ひとりで、仏頂面で、なにやら書きものをしている夢しかみられず、がんばって何度もうたた寝をこころみた女の子だ。

「当たってたわねえ」

わたし、仕事をするときはいつもひとりで、仏頂面で、なにやら書いているんだもの。なにやら、ね、と繰り返して、「みっちゃん」はひたいに手をあて、抜群の笑顔を見せた。眉も整えず、顔そりもせず、身なりも質素なままだ。

「そういえば、しばらく行ってないわあ」

柊子《しゅうこ》さんとも全然会ってない。樋渡《ひわたり》さんともね。なっちゃんとも。はとりみちこは、たぶん、「みっちゃん」の顔つきで懐かしいひとたちの名前をいった。店主の柊子さんと、その夫の樋渡徹《とおる》さん。ふたりのお嬢さんの夏子ちゃんは小学五年生になったと聞いて、展子は感慨深かった。じゃあ、リスは何歳になったのだろう。タイム屋文庫にしばし居着き、ある日の夕方、ふっといなくなった謎の少女。

「……あれ、ほとんど実話なんですよね」

「こしらえ事よ」

概《おおむ》ね。わたしの想像がたくさん入っているの。はとりみちこは、なんてことなさそうにいい切った。展子は、一瞬にして、距離を置かれた感じがした。目の前の、はとりみちこが遠ざかり、すごく小さくなったようだ。

「うたた寝の一件はフィクションじゃないんですよね」

確認したら、さあ？　と首をかしげられたので、

「いま、『当たってたわね』っていったじゃないですか」

と上半身をやや前傾させて、唇をとがらせた。

「当たってたわよ」

わたしはね。煮詰まってきた鱈ちり鍋を覗いてから、はとりみちこが目を上げた。ね。

「行ってみない？」

タイム屋文庫に。

展子が答えないうちに、そうね、と食卓の横の壁にかけてあるカレンダーを指差した。

「来週の今日はどう？」

土曜日、というが早いか、サインペンを握りしめ、その日を丸で囲った。太く、りりしい丸だった。

「……忙しいんじゃないんですか？」

年末進行で。「猫村さん」を呼ぶくらい。そういったものの、展子の口角は上がっていた。はとりみちこの真似をして、鱈ちり鍋を覗いてみた。湯気に直撃され、眼鏡が曇った。今日はコンタクトレンズを入れてこなかった。眼鏡を外して、胸あて付きエプロンの裾でガラスを拭いた。鱈ちり鍋は、つゆしか残っていなかった。

「わたしたちって、大食漢だったのね」

はとりみちこが呟いた。

「あんなに大量の野菜と豆腐と真鱈の半身を、ふたりでぺろりとたいらげたのよ？」

その上、タチのポン酢和え。

「タチはまだ残っていますよ」

「じゃあ、明日、天ぷらにでもするわ」

食材にかかった費用と日当を貰って展子は、はとりみちこの家を辞去した。満月が浮かんでいる。十二月十三日。

5　小鳥のハンカチ

謹賀新年。賀正。迎春。

大丸藤井セントラルの地階には、プリントショップのような売り場がある。その一角に、特設コーナーを設けていた。五、六台も並んだ掲示ボードに、年賀状見本各種が貼り出されている。店員は受付カウンターにしかいないので、客は好みの一枚を、時間をかけて選ぶことができる。何百枚もあるなかからだから、ひと仕事だ。

展子は、ようやく六枚まで絞り込んだ。あとはこの六枚をトーナメント方式で対決させて、ナンバーワンを決めるだけだ。こういう選び方を展子はよくする。コツは、1・いったん絞り込んだら、それ以外のものには目をくれないこと、2・敗者復活戦をしないこと。

年賀状を予約するのである。その後、クリスマスカードを購入して、デパートに行き、親と姪と会社の同僚たちにクリスマスプレゼントを買うのが本日の予定である。少々盛り込み過ぎの感はあるが、願わくは、さくっと済ませてしまいたい。

いまのところは順調だった。アパートを出る前に掃除洗濯も終えている。予想外の出来事は、なにひとつ起きていない。

まだ、という言葉を付け加えたくなって、展子の頬がふとゆるんだ。筋彫りのような笑みが浮かぶ。

年賀状選びに取りかかる前、まちなかを歩いていたら、クリスマスキャロルが聞こえてきた。そのときも、胸がざわつくのは仕方ないとして、と淡く思った。胸だけでなく、展子の周囲がざわめき始めたのも、もう、仕方ないとして。

だからこそ、やらなければならないことは、やれるうちに全部やっておかないと、と、年の瀬を迎えて張り切る一家の主婦のような心持ちになっている。日曜、午後三時三十分。はとりみちこの家で「猫村さん」をやったあくる日である。

葉書よりも、ひとまわり小さな朱色の線で縁取りがしてある年賀状を選んだ。賀詞は「あけましておめでとうございます」で、隷書体《れいしょたい》。挨拶文は印刷されておらず、「平成○×年　元旦」とだけ記されている。カウンターで申し込み用紙に住所氏名電話番号、及びメールアドレスを書き込んで、控えを受け取った。折り畳んで財布にしまう前に内容をさっと確認する。

数量は五十だが、中堅ＯＬが出す枚数として平均かどうかは分からない。送る相手は、学生時代や勤め先で知り合ったひとたちがおもだった。顔ぶれは多少変わるのだが、人数の変動はここ数年ほとんどなかった。

そう、ほとんどない、と心中で繰り返しながら一階まで昇って行って、カードを選ぶ。先週、目星をつけておいたので、手際がよかった。ジンジャーマンクッキーのオーナメントが付いたものなど数点を、細かいことに頓着しない豪快な人物のように迷いなく手に取った。会計を済ませて、外に出る。

外は、晴れていた。冬だから、雪が降っていないというだけで、「晴れている」というい方が北海道では成立する。展子が見上げた空は、フンボルトペンギンの雛《ひな》の毛みたいな色ではあったが、「晴れて」いたのには違いない。そうして空は、暮れかけてもいた。手を伸ばせば触れられそうなほど低い空から目を下げて、歩き始める。

ショータイムを見逃したと思っている。すぐに、今日の公演はなかったはずだと思い直した。ほんとうに晴れた日じゃないと、地球は夕焼けを披露しない。

この暮れ方は、と目を上げかけた。おやすみなさいとひとりごちて、ベッドに潜り込むやもめみたいな暮れようだ。山場なく夜になっていく侘《わび》しさが感じられる。その上、やもめの夜は魅惑的なものではないと相場はあらかた決まっている。

とはいえ、独身の三十女も似たようなもの。と展子がそう考えたのは、年賀状を予約したばかりだったからだろう。来年、三十になる。いわゆる大台に乗るだけで、とくにこれといった感慨はない。

……いや。むしろすっきりする。「二十九歳・独身」よりはらくになる気がする。二十九は、語感からして、さわやかではない。ねっとりと重い空気を感じさせる。二十代という若さの広場に粘り腰で踏みとどまっているような必死さもある。だから、三十になったら、むしろ、すっきりすると思うのだ。でも、その前に、なぜか、なんとなく「……いや」がつく。

誕生日がきたときにいう言葉は決めていた。

展子の会社では、お誕生会をする慣習があった。買い出し係が用意したケーキが、昼食時間に「じゃーん」と差し出されるのである。「ハッピーバースデイ」を主役以外の全員でか細く唱和し、ぱらぱらと拍手する。女子社員のあいだだけの慣習だが、その際、主役はひとこと挨拶をもとめられるのだった。

「いえ、ただの通過点ですから」

二千本安打や二百勝を達成したプロ野球選手の定番の科白をもじるつもりだ。が、問題は、これが自分のキャラクターに合っているかどうかということだった。失笑を買うのだけは、なんとしても避けたい。

四十になるときも、こんなことを思っているのではないか。そのときも、いまの会社にいて、いまと同じように独り身なのではないか。そんな思いも脳裏をかすめる。なにもかも、「いまと同じ」だったら、どうしよう。

しかし、変わる与件《よけん》はなさそうなのだ。あるとすれば、リコならきっとこんなことは考えないだろう、と思う一点。のような気がする。

デパートに到着する。一階に婦人用品売り場がある。化粧品売り場もある。アカシアの花に似た女っぽい匂いが、かすかに香る。親と同僚に手袋を買った。これも先週、目星をつけておいた。仲のよい同僚とはプレゼント交換するが、親はなにもくれない。それでも展子が親にクリスマスの贈り物をするのには、わずかな理由があった。親にクリスマスプレゼントを贈るような娘、になってみたい。というか、そういう娘をやってみたい。それはきっと、よい娘さんだ。

孝行娘というのではなくて、と胸のうちでつづけたところで、エレベーターのドアが開いた。玩具売り場だ。クリスマス商戦の主戦場。

展子の目のなかが色彩でいっぱいになった。紙や、プラスティックや、化繊や綿。さまざまな素材にスタンダードな色が付いている。あか、あお、みどり、と幼児が指差し、自分がその色の名前を知っていることに、心底驚いたような声でもって口にする色が、幅を利かせている。

展子の耳のなかもいっぱいになっていた。BGMや、電子音が絶え間なく入ってくる。それらに重ねて、いやに戦闘的な音や、平凡な女の子がプリンセスに変身するシーンによくあるような魔法の音が、多方向から聞こえる。

犬も鳴いていた。ショーケースの上をちょっと歩いては、足を踏ん張り、ワンワンワン。銀髪のおばあちゃまが顔をほころばせて、これ、いただくわといいそうな口もとをしている。展子も口もとでかすかに笑んだ。でも、姪には、もっと素敵なものを買ってあげたい。

展子の姪は三歳である。兄の子供だ。杏子と書いて、「あんず」と読ませる。愛称は「アン」で、表記法は「Ａｎｎｅ」。いずれも兄嫁の希望だ。

兄は展子より六歳年長だが、かれの妻は展子より六歳下だ。ふたりが結婚したのは四年前だった。小さな旅行会社に勤める兄が、高校を卒業したばかりの新人に手を出したという恰好だった。展子の目によると、兄嫁は、年上の（しかも、近場の）男に、いかにも「手を出され」そうなタイプだ。小柄で、色白で、太ってはいないのだが、丸みがある。たいそうお返事がよく、笑顔もよい。なにをやるのでも、がんばってます、という印象をあたえる。

その印象は現在でも変わりなく、匂坂家での人気は安定している。展子がたまに実家に帰ったときには、あんたも少しはイクミちゃんを見習ったらどうなの、というようなことを母にいわれる。それも気に障るが、母のその言葉を受けて、得意そうにうなずく兄や、聞こえなかったふりをする父の態度が展子をじりじりと苛立たせる。しかし、なんといっても、気に障るのは、兄嫁（イクミちゃん）が、申し訳なさそうに（しかし、満を持したように）、展子にそっと笑いかけてくることだった。そのとき

「障る」のは「気」だけでなく、実際、からだじゅうの痛点をまんべんなく刺激された感覚を覚える。気の毒な妹役を振り分けられたようだ。

おさかなのシロフォンが、やっぱり、可愛い。幼児用の木琴である。魚のかたちをしている。値段は税込みで一万円弱。姪へのクリスマスプレゼントにしては高価かもしれない。けれども、展子は、それを、杏子に買ってやりたかった。

玩具売り場で想像する。おさかなのシロフォンであそぶ杏子のようす。かのじょの横顔は鼻よりも頬が高い。長い髪をおだんごに結っているから、ぽやぽやとした後れ毛が室内光を反射して半透明に輝いている。てんで曲になっていない音階を打ち鳴らしながら、だいすきな歌を元気に歌う。小さな口のなかでふっくらとした舌がよく動くのが見える。やがてテンションが上がり、木琴を打ち捨て、ダンスを始める。勢い余って滑って転ぶか、よろけるかして、テーブルの角にからだのどこかをぶつけて大泣きするのが、大体いつものコースである。

もちろん、展子の選んだものすべてを、杏子が喜ぶとはかぎらない。けんもほろろの扱いを受けることもある。それでも、展子は「素敵なもの」を杏子にあげたい。展子が吟味した「素敵なもの」を杏子に持たせたいのである。だって、杏子は三歳だ。

かのじょのセンスはこれから育つ。その一助になりたい、というのは表向きの理由だと、展子だって分かっている。

自己満足なのだ。相手が幼児だから、思う存分、発散できるだけのこと。親にクリスマスプレゼントを贈るのだって自己満足で、だから、お返しがなくたって平気でいられる。

おさかなのシロフォンを包んでもらった。リボンは赤にした。紙袋を提げ、下りエスカレーターに向かう。今日の用事はこれで済んだと思っている。十二月十四日。

展子にしてみたら、「今日」は、もう、終わったようなものだった。

予想外の出来事はなにひとつ起こらなかった。

まだ、という言葉を付け加えるかどうか、少し迷っている。おやすみなさいとひとりごちて、ベッドに潜り込むやもめみたいな心境だとふいに思った。山場なく夜になっていく侘しさを感じる。普段通りの日曜に戻っただけなのに。

昼がちょっと開いた。眉のあたりが涼しくなった。そこに入れていた力がふっと抜けたのだった。「今日」、これまでに考えたり、思ったりした事柄を辿ってみる。ぷかぷか浮かぶ「事柄」は、立体的な水玉模様を作っている。

その水玉をひとつずつ突いていった。

兄嫁のくだりでそら豆さんを、自己満足のくだりで根上茂を思っていたことにはすぐに気づいた。二十九、三十問題では、宮古正晴のことをそこはかとなく考えていたはずだ。ひいては、来週訪ねる予定のタイム屋文庫でみる夢を。玩具売り場で想像した杏子のようすのところでは、リコを思った。

ふう。口をつぼめて、細く長い息を吐く。

胸がぺしゃんこになるくらいまで吐いていって、心中で呟く。眼鏡をずり上げる仕草が出た。

正直になりたい。

自分の頭のなかだけで広げた思いや考えなのに、他人の目から隠そうとするようにして、自分自身からも隠すのをやめたい。


のろのろと玩具売り場を歩いている。この歩きようが、とぼとぼと傍目《はため》に映らなきゃいいんだけどと、糸くずをつまむように思う。オルゴールコーナーを通りかかった。宝石箱や、スノードームのものがあった。いずれも子供向けだったが、ひどく懐かしい気分になった。円《まる》い台座に腰かけたサンタクロースのオルゴールをてのひらに載せた。ねじを回して、回し切ったら、サンタクロースが回り始めた。クリスマスキャロルが聞こえてくる。例のやつだ。

クリスマスおめでとう
クリスマスおめでとう
クリスマスおめでとう
それと幸せな新年もね！

訳詞で聴こえた。訳したのは、隣家のおねえさん。遠いまちにお嫁にいって、子供四人の母になった。

うれしい便りがとどいたんだ。
あなたに、そしてみんなに。
クリスマスのお祝いなんだ。
それと幸せな新年もね！

二番を諳《そら》んじていたら、バッグのなかで携帯が鳴った。取り出して、着信氏名を目で読んだ。宮古正晴からだった。

「今日」は、「まだ」終わっていない。


「いま、大丈夫ですか」

携帯を耳にあてながら、手洗いを目指して早足で歩く。そこが玩具売り場では、いちばん静かな場所だからだ。

「思い出しましてね」

このあいだはどうも、と型通りに挨拶してから、宮古正晴は切り出した。

「なにをですか?」

展子が訊き返すのを待って、

「えぐっちゃんのハンカチ」

という。

「……ああ、えぐっちゃん」

手洗い入口の壁にもたれて、ハンカチね、と展子は短く何度もうなずいた。

えぐっちゃんはリコの幼なじみだ。勤め先のデパートで見つけた可愛いハンカチを二枚、リコにあげたらしい。その一枚を、リコは展子に渡すつもりだったのではないかというのが、宮古正晴から先日聞いた「リコ情報」のひとつである。そのハンカチをリコから貰った記憶は、展子にはなかった。

「いま、どこですか？」

宮古正晴が声をわずかに低くした。携帯越しに聞こえる喧噪《けんそう》で、外出先だと分かったのだろう。展子の答えを待たずに、いった。

「そこ、このあいだ行った喫茶店の近くですか？」

喫茶「喫茶去」は展子がいるデパートから地下鉄駅ひとつしか離れていない。

宮古正晴は先にきていた。

前回と同じ席に座っている。

「いらっしゃいませって感じ？」

カウンターを見たら、高いスツールに乗っかったそら豆さんが腕を組んでいた。意味深な微笑を口のはたに乗せている。もうひとこと、たぶん余計なことをいおうとしたのだが、

「よせって」

根上茂に止められた。そら豆さんはからだごとこちらを向いているが、根上茂は後ろすがただ。カウンターに両の前腕を乗せている。首だけひねって、な、と展子にうなずきかけた。

「お疲れさまです」

展子は根上茂に軽く頭を下げた。この状態に慣れつつある自分自身がちょっと可笑《おか》しい。

「やっ」

根上茂はおもむろに片手を上げて、いいってことよというふうにひらりと振った。ひねった首をもとに直し、でさあ、とカウンターのなかにいるバイトのヤマちゃんに話しかける。会話のつづきをしているようだったが、

「なんすか?」

と怪訝《けげん》な顔をされ、

「頼むよ、ヤマちゃん」

と頭を抱えてみせた。

「てか、まじ意味分かんないんすけど?」

長くて茶色い前髪をなか指で梳きながら、ヤマちゃんが異を唱える。

「空気読まないってこと！」

そら豆さんは、すでにスツールから下りていて、グラスに水を入れているところだった。

「あー、まー、たしかに」

半笑いを浮かべているものの、ヤマちゃんはわりとあっさり引き下がった。このひょろ長い体軀の青年は、案外、大人だなと展子は観察した。ヤマちゃんが、夕方からのバイトとして働き出したのは、およそ三ヵ月前だった。言葉遣いがなってないだの、気がきかないだの、そら豆さんに注意されても、さほどこたえていないようだ。つるりとのみ込んでいるふうに見える。

「やっぱり、面白いですよね、この喫茶店」

宮古正晴が展子に小声でいってきた。ええ、ええ、と展子も笑いたいのを我慢して同意する。これこそが「普段」のような気が少しした。あるいは、戻ってきたような。

そら豆さんが運んできたコーヒーを、ひと口ずつ啜ってから、本題に入った。

「鳥の刺繡《ししゅう》なんですよ」

宮古正晴が思い出したのは、どうやらハンカチの模様のようだ。しかし、

「どんな鳥ですか?」

と訊ねたら、

「なんかこう、小鳥?」

と首をかしげた。

「わりにとぼけた顔つきの」

柿みたいな色をしていて、くちばしに実をくわえている。結構大判のハンカチで、とつづけた。

「地の色は、薄い茶色なんですよ」

木も刺繡されていたと付け加える。葉っぱだったかもしれないという声は自信なさげだった。コーヒー碗を持ち上げて、口をつけずに皿に戻した展子を見て、

「……それだけなんですけどね」

もしかしたら、覚えているんじゃないかと思って。そのハンカチ、当時、女の子に人気があったみたいですし、と、頬に手をあてる。

「えぐっちゃんが」

と、やや声を張った。

「えぐっちゃん？」

根上茂がスツールを回して振り向いた。

宮古正晴が根上茂にうなずきかける。ただし、曖昧に。

根上茂は、宮古正晴がリコの恋人だったことを知らないのだ。

そら豆さんがやばい、という表情をする。根上茂の肩に手をかけ、

「ねえねえ、家に帰ったら、なに、たべたい？」

と訊いた。

「たこ焼きでいいよ」

冷凍のがあったよな、と上の空で答える根上茂から目を外して、

「えぐっちゃんがいうには、その小鳥のハンカチは、かのじょが勤めるデパートにしか売っていないと」

宮古正晴が展子にいった。

「……ああ」

顎を上げ、ああ、あれ、と展子は間延びした声を出した。そのまま首をかたむけて、深く、うなずく。

「知ってます」

何度もうなずいたら、早口になった。小鳥ちゃんシリーズでしょ？　ハンカチだけじゃなく、ティッシュケースやポーチや煙草入れもあった。札幌に住んでいるイラストレーターのデザインでね。小鳥の名前を一般募集したんだけど、いちばん多かったのが、「小鳥ちゃん」で、だから、小鳥ちゃんシリーズって、そのまんまのネーミングになったの。

「くわしいね」

頬に手をあてたまま、宮古正晴が目もとで笑った。下まぶたが膨らんで、目尻に皺が数本、入る。

「それに、なんだか、嬉しそうだ」

「だって、うちの会社の商品だから」

そう、あれは展子が勤める繊維の専門商社最大のヒット商品だった。

サンプルを売り込みに行った営業社員の話によると、反応したのは、とあるデパートの若い女子社員だけだったらしい。小鳥ちゃんをひと目で気に入り、絶対売れますと仕入れ担当者に進言したというから、陰の功労者だ。

かのじょの勤め先は、展子が先ほどまで買い物していたデパートである。そうし

て、かのじょは、展子の記憶によると、

「うちの社内報に載っていたと思う」

小鳥ちゃんの生みの親のイラストレーターとの対談で。ここで少し間合いをとって、残念ながら、顔は覚えていないけど、と、首を横に振った。でも。

「そうなんだ。あのひとが、えぐっちゃんだったんだ」

椅子の背にからだをあずけて、息をついた。

「テンコちゃん、ちょっと、いいか？」

声のしたほうを見たら、根上茂が間近に立っていた。展子は姿勢をもとに戻して、若干身構えた。眉間に皺を入れた根上茂が、口をひらく。

「えぐっちゃんって、アレだろ？　リコの友だちの、態度がでかい女だろ？」

「会ったことがあるんですか？」

宮古正晴がたいへん素直な口調で訊いた。

根上茂は宮古正晴を掬《すく》うように見る。

「おれの会ったことがあるリコの友だちは、えぐっちゃんと、ほら」

展子を顎でしゃくり、

「テンコちゃんだけだ」

なに、あんた、リコの知り合い？　と宮古正晴にからだの正面を向けた。

「テンコちゃんとも知り合いで、リコとも知り合いってこと？」

たしかめるように繰り返す。ひと差し指を立てていた。展子を指差し、展子の背後を指差し、宮古正晴の胸もとを差したところで、

「そのひと、リコって子の元彼っすよ」

カウンターのなかからヤマちゃんが声を放った。

テンコちゃんと、といってから、展子に首を突き出すような会釈をした。

「ふたりして、リコって子を捜してるんす」

すかさず、そら豆さんがヤマちゃんにおしぼりを投げつけた。

「空気読め！」

お腹から声を出す。またおしぼりを投げそうな素振りをしたので、ヤマちゃんが逃げた。

「てか、おれ、かなり読んでますけど、空気」

そら豆さんとは反対側のカウンターの端に避難して、ヤマちゃんが、腰に手をあてる。

「この際、ぶっちゃけたほうがよくないすか？」

そして、ぶっちゃけることになったのだった。

展子の目を引いたのが、そら豆さんの反応だった。

あたしは（そんなには）知らなかったのよ、というふうを一生懸命装っていた。かのじょは根上茂がリコ捜しに参加すると思っているのだ。そうして、もしもリコが見つかったら、かれは自分を捨てて、リコのもとへ行ってしまうのではないかと本気で心配していたことがよく分かった。広い額に汗をかき、しもぶくれの頰を紅潮させて、それでも茶目っ気たっぷりに「イーだ」をやって甘えてみせたりして、全力でしらばっくれていた。

ところが、根上茂は、そんなそら豆さんにほとんど注意を払わなかった。ばかりか、展子と宮古正晴からひと通り話を聞き終え、ばっかじゃねえの、と吐き捨てた。

「そんなことして、なんになるんだよ」

リコはたしかにいい子だったけど、そりゃおれもどうしてるかなーくらいのことは、ときたま考えるけど、それはあくまでも青春の一ページつうか思い出つうか、そういうアレでさ。それでいいじゃないか。なんでわざわざほじくり返すんだよ。第一、捜してどうするんだよ。あんた、と宮古正晴を睨《にら》みつける。

「よりを戻すつもりか？」

展子の心臓がひと打ちした。動揺が顔に出たのかもしれないと、慌ててそら豆さんを窺った。つねなら、展子の隙を決して見逃さないそら豆さんだ。どんなに勝ち誇ったようすでいるだろうと思ったのに、そら豆さんは放心していた。というより、ほれぼれする、というまなざしで、夫を見つめている。

それとも、と根上茂はさらにつづけた。

「正月になる前に片付けておきたくなったのか？」

師走《しわす》の雰囲気にうっかり乗せられちゃったのか？

「……いや」

どちらも違うな。宮古正晴がゆっくりと話し始めた。

「リコに会いたいだけだ。たとえ会えなくても、元気でいるかどうかを知りたいだけだ。できたら、ぼくはもう気にしていないといってやりたい。だから、安心していいと、それをかのじょに伝えたいんだ」

でも、と、宮古正晴はここで間を置き、呼吸を少し整えた。

「年内に片を付けるっていうのはいいね」

実は、ぼく、来年、ちょっと忙しくなるんですよ、と展子にいった。卓を挟んでいたが、耳打ちされたような感じがした。

ああ、そうですか。口のなかでそう呟いたら、クリスマスキャロルの訳詞が胸のうちを過ぎていった。


ここにいるよ。

どこへもいかないよ。

ここにいるよ。

一緒にたべようね！


年が改まると新しい気分になるが、「それまでのこと」が失くなるわけでは決してない。だって、もしかしたら、もう二度と会えないかもしれないひとにだって、年賀状を送る。

たとえば、と展子は隣家のおねえさんを思い浮かべた。かのじょと会える機会はもうないかもしれない。おねえさんが遠いまちにお嫁にいって間もなく、ご両親が亡くなった。展子の実家の隣には、べつの家族が住んでいる。

おねえさんからの年賀状は毎年、愉快だ。お互いの、いまのすがたかたちは知らないけれど、元気でやっていることは分かる。

チャラになんてできない、という言葉を、展子は胸のうちに書いてみた。それはなんだか手紙のようなものだった。宛先は、リコかもしれないし、宮古正晴かもしれない。

どちらにしても、年が明けたら、二度と会えなくなるかもしれないひとたちだ。

「年内って」

根上茂が鼻の頭を親指で擦った。喫茶「喫茶去」の壁にかかったカレンダーに目をやる。

「もう、あと、二週間とちょっとしかないんだぞ?」

「余裕っすよ」

ヤマちゃんが気軽に答えた。

「余裕だよね」

宮古正晴も簡単にいった。

「まだ、あと、二週間ちょっともある」

根上茂が宮古正晴をちらと見た。断っておくが、と舌先で口中を探る。

「おれだって、リコにいってやりたいことのひとつやふたつはあるんだ」

大体、あんたと同じような内容だがな。名前、なんての？

そういえば、というふうに訊ねた。目に奇妙な親しさがこもっている。

「宮古です」

との返答を受け、

「ミヤコちゃんかよ！」

足を踏み鳴らした。「今日」は、「まだ」終わらない。十二月十四日。

6　タイム屋文庫

「えぐっちゃん」の本名はすぐに分かった。江口由里だ。

　勤め先も部署も変わっていなかった。古株とまではいかないが、若いほうではなくなっている。なかなかの目利きと評判だった。展子の会社では、江口さんが良いといえば売れる、とされていた。なにしろ小鳥ちゃんシリーズを「仕掛けた」本人である。大きな実績はそれひとつだが、小さなものまでカウントしたら、江口由里の功績はさらに膨らむ。たいしたものだと重役陣も認めているようだった。

　そういえば、一度、見かけたことがあった。あったはずだと展子は納品書に商品名と数量を打ち込み終えて考えた。デパート各社の担当者を招き、新商品の検討会をひらいたことが、たしかあった。お客さまとじかに接するかたがたから、忌憚《きたん》のないご意見をたまわりたい旨の会議だった。そういう会議は幾度かあった。しかし、江口由里の参加はあのときだけだったと記憶している。

「カリスマ登場」

展子たちが仕事する一区画の前を通って、会議室に向かう江口由里の背なかを目で指し、同僚が耳打ちしてきた。

事務員たちのあいだでは、検討会の開催を知らされたときから、カリスマきたる、と話題になっていた。新商品のプレゼンテーションをするのが、前年秋の人事異動で念願の商品開発部に配属された女子の初仕事だったので、それもまた話題の種になっていた。いや、むしろこちらのほうに展子たち事務員の関心は集まっていた。お手並み拝見というような気配があった。昼休みや仕事中の合間に、しばしばその話になった。意地のわるさを、まさかあからさまに出しはしないが、言外に含みを持たせたものである。くだんの女子をこっそりエースと呼んでいた。

「エース、昨日も残業だって」

「寝るひまもないって大声でぼやいてたよ」

などと些末《さまつ》な情報を持ち寄っては、張り切ってるねえ、と肩をすくめた。

入社二年目だったエースは、営業事務から商品開発部へと異動となった際の送別会の席上で、皆さんのぶんまでがんばりますので、と挨拶した。営業事務員一同としては、あたしたちのぶんってなに？　ということになった。あのとき、あの子の唇がちょっと震えていたのは、武者震いであろうということにもなった。まあまあ、あの子はあたしたちのエースのつもりなんだからと取りなしたのが展子で、それが定着したのだった。

展子のなかに、かのじょ（エース）を揶揄《やゆ》する気持ちがひとつもなかったのではない。だからといって、積極的に庇《かば》おうとしたのでも応援しようとしたのでもなかった。

昨日までこちら側にいた者が明確ななにかを摑み、意気揚々と離れていって、やる気いっぱいで奮闘しているようすを見ると気持ちが波立つものである。船酔いしたときみたいに、胸がむかむかする。

もちろん、展子の心中にも波は立った。同僚と同じようにエチケット袋にほんの少し嘔吐《おうと》しそうになったが、「取りなす」ことで凪《なぎ》の状態に戻そうとした。一歩退き、傍観者の立場にまわれば、吐き気は自然とおさまっていく。

お得意の処方ですね。自分自身に、こう話しかけたのを覚えている。酔い止めの薬を服《の》むようなものだ。耳もとで缶を揺すり、ドロップの残りをたしかめる感じもあった。酔い止めは、薬といっても苦くない。砂糖に香料を加えて固めた飴のようだ。こんなことで使っては勿体《もったい》ないと少し思った。ドロップの数は限られている。

「エース、カリスマにこてんぱんにやられたりして」

検討会が近づくにつれ、エースの晴れ舞台の首尾がわりと悲観的に予想されるようになった。カリスマの反応でエースの能力が決定する。やる気と能力は別物だ。そのへんを展子たちは、是非、はっきりさせたかった。ここはカリスマに一任で、ということで暗黙の了解が出来上がっていた。だからこそ、カリスマはカリスマでその存在感が展子たちの気持ちを波立たせるのだった。エースもカリスマも、いってみれば、自分たちと同じ一介の会社員である。

「カリスマ、ありがとう、だって」

会議室にコーヒーを運んだひとりが、江口由里の態度を真似た。丁寧に頭を下げたらしいが、「ありがとう」に「ございます」を付けなかったので逆にあなたたちとは違うのよ、と念を押す恰好となった。少なくとも、展子たちはそう受け取った。そう受け取りたくてうずうずしていたともいえる。（調子に乗っているという意味では）やっぱりエースといい勝負だ。そんな空気がつむじ風みたいに吹き上がってくる。とはいうものの、実績の点ではカリスマに分があった。わたしたちにはできない「判断」を、かのじょは下すことができる。

定年を来週に控えた男性社員がデスクの片付けを始めている。右袖のキャビネットからどっさり社内報を取り出して、机上に積んだところである。ひもで括って資源ごみに出す前に一冊ずつ目を通すことにしたようだ。

「たくさん、ありますね」

展子はかれに声をかけた。捨てられない性分でね。定年間近の男性社員が耳の裏を掻く。玉葱《たまねぎ》みたいなかたちの顔を左右に振ってから、机上に積んだ社内報を選り分けにかかった。自宅に持っていくぶんと、ごみに出すぶんだという。

展子の観察によると、ごみのほうは、創立何周年など社内のビッグニュースが載っている号だった。大事に取っておくのは、かれが撮った写真や、投稿した短い文章が掲載されたものだった。社内報には「おしゃべりひろば」なるコーナーがある。社員やパート従業員やアルバイトが写真やイラストやコラムを投稿できる。定年間近のかれはそのコーナーの常連で、自慢の写真が表紙に採用されたこともあった。秋の豊平《ほうへい》峡《きょう》で撮った紅葉と、夏の北竜町《ほくりゅうちょう》のヒマワリの写真である。

すばしっこいエゾリスをようやくカメラにおさめた苦労話をかれがしているそのと

き、展子は江口由里が載っている社内報を見つけた。ごみのほうに積んであったのを貰った。

アパートで、展子はその社内報を三日間、ながめた。

小鳥ちゃんシリーズの大ヒット特別記念号。イラストレーターと江口由里の対談が載っている。司会は社内の商品企画部の男性だった。札幌市内の古着屋などでほそぼそと販売していたイラストレーター手製の絵葉書に目をつけて、商品化したひとである。

白黒だが、写真も掲載されていた。見ひらき二ページの右と左にイラストレーターと江口由里のアップが大きく。

江口由里はまだ「若い女の子」だった。ショートカットで、前髪を厚く下ろし、両側の毛を耳にかけているから、どんぐりをかぶっているようだ。そうだ、どんぐり。この写真を見たとき、なんだ、どんぐりじゃん、と同僚と薄く笑ったのを展子は思い出した。「なんかもっとこうスゴい感じのひと」を想像していたので拍子抜けした覚えがある。カリスマとして検討会に現れたときも、でも、どんぐりだよねとだれかがいっていた気がする。

江口由里の写真は対談中に撮ったようだ。かのじょは丸い目を見ひらき、口も大きく開けていた。両手は顔まで持ち上げている。身振りの大きなひとらしい。長い髪を真んなか分けした、細面でおとなしそうなイラストレーターとは活力が違う感じだった。イラストレーターが椅子に深く腰かけて紅茶をゆっくり味わうタイプに見えるとするなら、江口由里は台所で腰に手をあて牛乳を一気のみするタイプに見える。

司会「小鳥ちゃんには、やはり、ひと目惚れだったのですか？」
江口「正直いって、私はああいう女の子女の子した図柄は苦手なんですけど（笑）、でも、あのハンカチを持っているだけで嬉しくなる女の子が絶対いる、というのは、すぐに分かりましたね。所有したいんですよ。カワイイものをね。女の子は。その『カワイイ』は、『ほぅらカワイイだろう』っていう『これ見よがし』な感じがあってはだめで、ていうか、むしろ萎えて（笑）、いい意味で間抜けというか、抜け感があるというか、そこはかとなく無常感がただようものが最強で、その点、小鳥ちゃんは確実にイケる、と思ったんです」

対談記事を拾い読みして、展子は、うむ、と唸った。カリスマとなった江口由里が検討会でエースに放ったと伝わってきた科白を思い返す。

「単品じゃそんなに売れないと思う。ある種の漫画とか小説とかCDとかのノベルティグッズとしてはアリかもしれないけど」

エースがプレゼンテーションしたのは、「乙女のたしなみハンカチ」だった。たとえば、夕焼けや星を見たときなど、いわゆる、ふと泣きたくなったときに、そっと涙をぬぐうためのハンカチをエースは新商品として企画したのだった。純白のレース付きで、その縁を金糸でかがったものと、象牙色で草花の地模様が入ったものの二種類だった。このデザインも江口由里にいわせれば、そのいかにもっぷりがいただけないとのことらしい。

でも、「乙女のたしなみ」というのはとても面白いと思います。がんばってください、と江口由里はエースにエールを送ったようだ。そして、こう付け加えたという。

「わたしは、わたしの意見をいっただけです。いいたい放題に聞こえたでしょうが、わたしは、出来上がったものに対してあれこれいうだけの人間で、ものを作る側の人間ではありません」

あくまでも伝聞情報だったので、江口由里の語った正確な言葉を展子たちは知らない。会議室のムードも知らない。しかし、以降、急速に、エースの噂もカリスマの噂も下火となった。あのふたりは、あたしたちとは違うつもりでいる、と、そのようにして蒸し返そうとした者もいるにはいた。だから、みんな違う、みたいなことといってたじゃん、カリスマ、と軽く窘《たしな》められて途絶えた。

江口由里が、えぐっちゃんだ。リコの幼なじみだ。間違いなく、と展子は思った。えぐっちゃんは、リコをとても安心させることができただろう。そんな気がしてならなかった。なぜかは分からない。しかし、素のままのリコを知っているのは、えぐっちゃんだけだと思えた。それはほとんど確信だった。リコは、たぶん、えぐっちゃんとの関係を「いったんチャラ」にはしないだろう。というか、できないはずだ。幼なじみ同士というのは、いつか、ふっといなくなることを前提にして築く間柄ではない。江口由里が知っているリコが、ほんとうのリコだ。きっと、そうだ。


展子が江口由里の職場に連絡を入れることにしたのはその翌日だった。

定年間近の男性から社内報を貰って四日目の夕方である。

十二月十八日、木曜日。場所は喫茶「喫茶去」だ。向かい側の席にそら豆さんが腰を下ろしている。打ち合わせは手短に済ませてあった。江口由里に、リコを捜している次第をざっと説明し、協力を要請するその手順を展子はそら豆さんと確認し合った。

「突然、電話をかけるんだから、失礼のないように」

そら豆さんはまるで姉のように幾度も展子に注意した。

「あんたには、ひとをイラッとさせるところがあるんだから」

と付け加える。こんなことをいうのはあたしだけだと思うんだ。今度は親友みたいな口をきき、

「ちょっと心を鬼にしていってみたよ」

と照れてみせた。しもぶくれの頬をほんのり赤くさせている。展子は手にしていた携帯をテーブルに置いた。コーヒー碗を持ち上げ、縁にそっと唇を付ける。音を立てないようコーヒーを啜り、喉を鳴らさないよう流し込んだ。碗に付着した口紅の跡を指先でふく。イラッとさせるっていうけど、と微笑しながら訊いた。

「どんなところかしら?」

「『かしら?』ってとこだよ。もののいい方も態度も一から十まで勿体ぶっちゃってさ。ばか丁寧で気取っててえらそうで自分のほうが頭いいと思ってるみたいで、こういうの、なんていうんだったっけ、ヤマちゃん」

そら豆さんがカウンターを振り返ってバイトの名を呼ばわる。ヤマちゃんが答え

る。

「慇懃無礼《いんぎんぶれい》」

そう、それ。サンキューと答えるそら豆さんに、ヤマちゃんは浅くうなずき返した。展子にもうなずきかける。

「でも、それがテンコちゃんの味っすからね」

「……それはどうも」

一応頭は下げてみせたが、展子としては承知しかねた。いや、実は納得しかけていた。慇懃無礼な部分はたしかにある。ことにそら豆さんに対してはそうかもしれない。そら豆さんもまた、かつてのエースのように展子の気持ちを波立たせる。あのとき以上に胸がむかむかする。

そら豆さんのくせに、といいたくなる。そら豆さんのくせに生意気な、という思いがベースにあるのは、わたしがやはり尊大だからなのかもしれない。それを誤魔化す手立てとしてばか丁寧な態度に出た、のかもしれない。

でも、そんなにはっきりと指摘しなくてもいいはずだ。直截《ちょくさい》といえば聞こえはいいが、そら豆さんもヤマちゃんも、オブラートに包まなさ過ぎる。

「味っつうか、それがテンコちゃんの鎧兜《よろいかぶと》なんじゃないすか？」

超重くないすか？　まじで。派手な花柄の長袖シャツに黒い半袖Tシャツを重ねた薄っぺらい胸を揺すらせて、ヤマちゃんがメールの絵文字のような笑顔を浮かべた。巧《うま》いこといった、巧いこといった、とそら豆さんも手を打っている。

そんなふたりを展子はながめていた。口もとがややゆるんだ。フレンドリーという言葉を思い浮かべて、ちょっと違うと思い直した。そのいい方は、うまくいえないが、かれらにはそぐわない感じがした。それはたとえば、ごはんをライスというようなもの。だからといって、「親しみやすい」と翻訳してもそれはそれで違うのだが。

「……じゃ、電話かけます」

携帯を持ち、展子は手帳をひらいた。江口由里が勤めるデパートの電話番号を指で追ってたしかめる。

「装着」

ヤマちゃんが弾んだ声を出した。展子が目を上げると、

「鎧兜」

と答える。

「一瞬、外したんだけどねえ」

そら豆さんもからだをはすにし、足を組み、ソファの背に片肘を乗せてヤマちゃん

の尻馬に乗った。しいっ、と口にひと差し指をあてながらも低い声で笑い合うふたりを無視して、展子は江口由里の勤め先の番号を押していった。わりとすぐに売り場につながる。滑舌のよい交換手から、舌足らずの女の子へと声が替わった。会社名をいったら、おてわになっておりまつと生真面目に応じた。江口由里を呼び出そうとしたら、お休みでつ、とのことである。忌引休暇を取っていて出社するのは土曜らしい。

「んじゃ、土曜だね」

土曜にここに集合だ。そら豆さんが即座に江口由里との会談の日時と場所を決定する。

「わるいけど、その日は用事があるのよ」

展子がいったら、

「したら、日曜だ」

とあっさり変更した。展子は張り合いが抜けた気がした。てっきり「用事」の内容を探ってこられるつもりで身構えていたのだ。そこはかとなく用意していた第一声は、やだ、そうじゃなくて、だった。宮古正晴とのデートだと勘ぐられるのを淡く想定していた。

「……知り合いと出かけるのよね」

小樽《おたる》に。誤解できる余地を残して日曜の予定をそら豆さんに話したら、訊いてないけど？　との返答である。

「タイム屋文庫に行くのよ」

とつづけたら、

「だから、訊いてないって」

そら豆さんが、にたり、と笑んだ。


土曜に外出するのは展子のなかでは、本来、規律違反だ。少なくとも二週つづけてその禁を侵すのはめずらしい。どちらの掟破《おきてやぶ》りにも、はとりみちこが絡んでいる。先週は「猫村さん」をやった。いま、連れ立ってタイム屋文庫に向かっている。さっき、高速バスで小樽に着いた。駅前から市内路線バスに乗り換えて、地獄坂《じごくざか》を登っているところだ。左にカーブした。バスは龍の舌みたいにうねる白い道を真っ直ぐ走る。ややあって、はとりみちこが降車ボタンを押した。なだらかな坂のふもとでバスを降りた。洗心橋《せんしんばし》を渡る。

「ここはひとつ、腕を振って登らないと」

はとりみちこがいった。

「耳をすませば、ようく聞こえる」

展子は応じ、

「って、あれ、嘘じゃないですか」

と小声で異議を申し立てた。はとりみちこが著した本によると、坂のはしから下水道を流れる音が聞こえてくるはずだった。湧き水みたいにこぽこぽと、清水みたいにさらさらと、水は流れているのではなかったか。

「よく聞こえるポイントはここじゃないのよ」

なんでもかんでも小説の通りだと思われてもねえ。はとりみちこはハアッと息を吐いた。目を細める。しきりにまばたきをする。積もった雪に反射した光線を受けて眩《まぶ》しいとしているようすだ。

「……聞こえるときもあるのよ」

といった。

「そこまで嘘つきじゃない」

といい添える。

錆《さ》びた青いトタン屋根の家では、柊子《しゅうこ》さんが待っていた。というより、呼び鈴を鳴らしたら、内側からドアを開け、ふたりを出迎えてくれたのだから、このひとが「柊子さん」なのだろう。

「ごめんなさいね。なんかこう普通で」

がっかりした？　と肩までの長さの髪の毛を忙しく撫で付けてみせた。描写しがいのないほど平凡な主婦である。中年太りが始まっていて、笑顔をすると二重顎になる。草色の濃淡の混ざり毛糸で編んだセーターを着込んでおり、袖をたくし上げていた。

「いえ、そんな」

かぶりを振る展子の肩を、現実はこんなもんですよ、テンコちゃん、とはとりみちこが軽く叩いた。失礼ねえ、まあ、その通りだけど。案外早口でさばさばとした柊子さんの物いいにも展子は少し驚いた。スリッパに足を入れながら、はとりみちこが柊子さんに、

「夏子ちゃんは？」

と訊いている。柊子さんの娘さんだ。

「練習。フットサル」

地元の女子チームに入ってるの。けっこうキレのあるドリブルするのよ、これが。

居間に案内しながら柊子さんが顔だけ振り向いていった。

「ゆくゆくは、なでしこですか」

はとりみちこの独白に、

「将来の希望はお笑い芸人のマネージャーか、獣医か、家具職人なんですって」

柊子さんが答える。分かんないですねえ、分かんないのよ、といい合う背なかを展子は見ていた。タイム屋文庫を訪問した実感はまだなかった。手土産に持参したケーキも渡しそびれている。

「どうぞ」

柊子さんがドアを開けた。

室内が、展子の視界いっぱいに広がった。

なかに入る。入ってすぐのところにスライド書棚がまずあった。茶だんす、背の低い本棚の前を通っていって、勧められるまま、ソファにすとんと腰かけた。

露台から海が見える。想像していたよりも横に長く延びている。快晴の午後二時ちょっと過ぎだ。横長の海は空より青い。横切ってきた十畳間に視線を転じたら、仏壇と、桐のたんすと、ゴブラン織りの笠を載せたフロアランプがあった。旧式のステレオも健在だった。天井を仰げば、バースデイケーキみたいなかたちの小ぶりのシャンデリアがぶら下がっている。目を下げて、視線をずらせば、薪ストーヴ。鋳物のケトルは載せたままだ。前面に敷いてあるのはモロッコ製のハースラグだ。

「……足りないものといえば」

はとりみちこの声で展子は、はっとした。居間に入っただけなのに、どこか、べつのところに入っていったような感じがしていた。

「足りないものといえば？」

展子は、はとりみちこの言葉を復唱した。

「黒猫とリス」

はとりみちこが胸を張った。展子はこの言葉も復唱した。

「黒猫と、リス」

「とんとご無沙汰だわねえ」

台所でお茶の支度をしている柊子さんが明るい笑い声を立てた。

「近ごろじゃ、夢のなかにも出てこない」

出てきてくれたっていいのにねえ。笑った口もとのまま、首をかしげた。その傾け方に見覚えがあると展子は思った。初めて会ったのに、わたしはこのひとをよく知っている、という感覚にさらわれそうになった。ああ、このひとはあのひとなんだ。考えなしで抜け作の、三十女のあのひとなんだ。「柊子さん」が、一瞬、活字で読む「柊子」になる。


ケーキをたべながら、コーヒーをのんだ。お茶の時間だ。

はとりみちこと柊子さんはリスの話をずっとしていた。

記憶喪失のふりをしていた出会いのシーンから、柊子さんは順序よく思い出していっていた。

リスのことは何度も思い出し、はとりみちこに語ったのだろうと展子は察した。ふたりは会うたび、リスの話をしているのかもしれない。

繰り返し繰り返し語られるひとつの話を、繰り返し繰り返し聞くというのを繰り返しているのだろう。はとりみちこはリスとの面識はないはずだが、かのじょのなかでは、とうに「リスというひと」は出来上がっているに違いない。ただ、実際に対面していないだけだ。なのに、「ああっ」と頭を抱えるリスの真似を柊子さんがやってみせたら、大きく喜んだ。手慣れた喜びようではなかったし、話者に気遣いしているふうでもなかった。速く短くぅなずきながら、口角に力を入れている。それはまさに、くぅぅっという感じで、愛らしいものに初めて接したときに起こる感情に捉えられたというようだった。

展子はふたりの思い出話に入るタイミングが摑めなかった。しかし、退屈ではなかった。のけ者にされたとも思わなかった。海を見ながら、耳を傾けている。『タイム屋文庫』の主人公と脇役兼著者が、作中の謎の少女について話していた。リスは著者の創作上の人物ではなかったのだ、とも考えた。リスは、主人公の祖母や、少女時代の主人公や、やがてもうけることになる、主人公のひとり娘の化身ではなかったのだ。リスはリスとして実在し、ある一時期、この家で暮らしていたんだ。

柊子さんがやっていた新聞配達にリスが付いてきたときのエピソードが、展子の耳に入ってくる。「文鳥じいさん」が飼っている桜文鳥をリスがたいそう気に入った逸話が柊子さんの声で再生される。


「……ぴちょがいいと思うんだ」

まだくちばしの色があわい桜文鳥に似合いの名前をリスは思いついたようだった。ため息をついてから、柊子にそっと打ち明けた。

「ぴちょ？」

「ぴちょ」

ぴちょぴちょ水浴びしていたから、と、リスは歯をくいしばる。肩を怒らせ、足を踏みならし、自転車を停めてあるところまでずん、ずん、ずんと歩いていく。よほどその桜文鳥が可愛らしかったのだろう。

『タイム屋文庫』の該当シーンが展子の胸を過ぎた。それは展子の好きなくだりだった。記憶に間違いがなければ、第六章。章タイトルは「ふりだしに戻る」で、七章のタイトルはたしか「いつかどこかで」と思ったら、リコのすがたが浮かんだ。小鳥ちゃんシリーズのハンカチを「えぐっちゃん」に貰って、

「テンコちゃんとお揃いにするんだ」

といった声も聞こえた気がした。

「テンコちゃん、こういうのきっと好きだよ」

宮古正晴のアパートで、寝転がり、足をばたばたさせて笑っているリコのすがたを「思い出した」ような感じがした。実際には見ていない。宮古正晴から聞いただけだ。しかし、なぜか、この目で見た気がしてならない。活字で読んだシーンが映像となって記憶に残るように、頭のなかにプリントされていたのだろう。

「ねえ、テンコちゃん」

はとりみちこが呼びかけてきた。

「リコっていう女の子は、リスなんじゃない?」

ざっと計算してみたんだけど、年数的には「合って」るのよ。はとりみちこが愉快でならないという表情をして、からだごと展子に近づいてくる。リスが柊子さんの家を出ていったのも、リコが初めてミツバチ・ベーカリーにやってきたのも、いまから十一年前の五月だという。

「時間も合うの」

リスが出ていったのは「日が傾き始めたころ」で、リコがミツバチ・ベーカリーにすがたを現したのが、「夜に近い夕方」。

(小樽から札幌に向かう)「下り電車」が鉄道駅に到着し、降車客が構内から出てきたころ、店のなかに入ってきた女の子を展子はあらためてイメージした。まぶたも鼻の頭も赤らんでいて、泣いたばかりというふうだったという、女の子だ。

「……それだけの理由で同一人物と断定するのは、どうなんでしょうか」

はとりみちこに展子はいった。かすかな鼻歌が聞こえてきた。台所の丸椅子に腰かけて、柊子さんが歌っている。童謡らしいが、歌というより念仏のようだった。ララまっかなぼうしにリボンがゆれてるわかいかぜがうたってる。初めて聞いたが、聞き覚えのある曲だと展子は思った。そのシーンの映像が立ち上がる。

新聞配達で、初めて手にした給料で、柊子はリスが欲しがっていた緑色のカーテンを買った。レストラン・ヒワタリで美味しいものをたべることになっていたので、そこで渡して、びっくりさせようと思っていた。でも、リスのすがたは見えなかった。鼻歌を歌いながら、柊子はリスを探す。

「リス?」

まず、十畳間。

「リス?」

次に手洗い。

「リス?」

物音が聞こえた気がしたので振り向いた。でも、だれもいなかった。

柊子さんの鼻歌がつづく。ララとんぼがとんでるのはらのまんなかでようきにおどりま・しょう・よ。声はずむよララ。手をつないでララいつまでもゆかいにおど

ろ。ぱたりと止めて、口を半びらきにしている。展子と目が合い、

「二番は知らないの」

首を横に振った。

展子のなかで宮古正晴がいった言葉が再生される。

（リコは、きっと、すごく、だれかに哀しい思いをさせたんだ）

「いやいや、テンコちゃん。理由はそれだけじゃないんですよ」

はとりみちこが作家的見地から、リコとリス同一人物説の論拠を述べ始める。名付けて、「リコリスの法則」だそうである。十二月二十日。

7　リコリスの法則

甘い草と書いて、甘草《リコリス》。はとりみちこがリコリスの説明を始める。マメ科の多年草で、アジア・ヨーロッパに広く分布しているそうだ。独特の強い甘さがあるというのだが、わざわざレクチャーを受けなくても、甘草とその名を聞けば想像の範囲内だと展子は思う。

「みっちゃんて、わりと遠くから話を持ってくるのよ」

柊子さんが展子に話しかける。声音も表情も親しげである。そうかもしれませんね、と展子も片方の目を細くして答えた。

「薬用にするのは根や茎の部分で」

はとりみちこが海に視線をのべたまま、リコリスの説明をつづけている。午後の三時前だから、海はまだ青い。少々の波が立っていて、展子の目には走っているように見える。横長の海がまるごと走っていっていて、自分がいまながめている海はさっき見たのとは別物かもしれないというふうな、そんなことを考えている。はとりみちこの声が「入って」くるように感じる。もちろん、声というものは、耳からしか入ってこない。そうではなくて、と展子は身のうちに満たされつつある感覚を探ろうとした。その矢先に、

「甘草の薬効は、急を和し、百毒を解す、と表されるように」

と、はとりみちこの声がまた「入って」くる。

「急激な痛みなどの症状をやわらげること」

展子の身のうちに満たされつつある感覚が、言葉の意味を捉えるより少しだけ早く反応する。波が立つ。海に目をやったまま、あんな具合だと口のなかでいった。海女《あま》みたいに潜水したくなった。いや、海女ではなくて、とすぐに訂正を入れる。潜り込むのではなくて。水棲する生き物になった気がする。潮が満ち、いっぱいに張った海面を下から覗いているようだ。

「症状が激しいときに効果があるとされ、激しくない場合はあまり効かないというところがある」

それはそうなんだけど。はとりみちこの言を聞きながら、展子は水棲する生き物の視点で海面を見上げる感じがすごく近いと思った「ついさっき」をやんわりと否定していた。それではなにかが足りないのだ。満たされつつある感覚に探りを入れて、とろみという言葉に突き当たる。そうだ、とろみだ。はとりみちこの声は水にといた片栗粉のようなもので、展子のなかに注ぎ入れられ、とろみをつける。鍋を揺すられた覚えはないが、胸のうちにそもそも在った夾雑《きょうざつ》物《ぶつ》が混ざり合って火を通されてよい味付けでとろりと仕上がる手応えがあった。わたしはいま、と実感する。タイム屋文庫にいる。

「リコリスの基本的な作用は」

はとりみちこが声を張った。ここが大事、といわんばかりの張りようだった。展子ははとりみちこの横顔を見た。ソファの向こうで丸椅子に腰かけている柊子さんも目を上げて、はとりみちこの横顔を見ている。

「環境の変化などに対する人体の防御機能である、ナントカというものを強化することです」

どう？　というふうにはとりみちこは腕を組み、展子と柊子さんを交互に見た。

「『ナントカというもの』ってなによ？」

頼むわよ、みっちゃん、と柊子さんがいい、

「ていうか、それのどこが『リコリスの法則』なんですか？」

展子もいった。委細構わずの体で、はとりみちこがこう訊き返す。

「リコもリスも、ふたりにとって生薬みたいなものじゃなかった？」

痛みやストレスをやわらげなかった？　視線を展子と柊子さんに再度割り振る。まあ、たしかに、と柊子さんがうなずいた。

「リスにはそういう部分があったわね」

「リコにもそういう部分はあったけど」

でも、と展子は口ごもった。リコの場合は、別れることを前提にした上でのふるまいだったからだと思う。期限付きの関係だったから、相手の好むすがたになってみせることができたのだ。それが結果として相手の痛みやストレスをやわらげることになったとしても、と考えていって、展子は「あ」と口もとをおさえた。わたしはリコに憧れていたのかもしれない、という考えが言葉になって出現する。リコみたいな女の子になりたいと、ちょっとだけ思っていたふしが、たしかにあった。おろかしい、という意味での可愛い女だ。ただただ可愛いだけの女。可愛がられるだけの女。綿埃《わたぼこり》みたいにふわふわと漂う。

「もちろん、リコやリスにとって自分たちが生薬だったという自覚はないと思うわけよ」

植物のリコリスに自覚がないのと同じようにね。はとりみちこが頰を紅潮させてつづける。

「でも、役割は心得ていたと思うの」

「役割？」と展子が訊いた。

「こうすれば、相手が喜ぶというような、そんな『役割』を本能的に知っていたのではないかと」

「うがち過ぎじゃない？」

柊子さんが片頰をゆるめてみせた。ちょっと無理をして笑ってみました、というふうな微笑をつくる。かもしれないけど。はとりみちこが肩をすくめる。ボルドーのタートルはからだに割合ぴったりとしていて、肉の付いた二の腕のラインを際立たせている。

「『役割』というのがきつく感じるのなら、愛されたい欲求といい換えてもいいわ。かのじょは、だれかに、愛されたかったんだと思うの。大事にされたかったのよ。このひとに、どうすれば自分が大切に思われるか、そのためにどう行動すればいいのか、それが自然と分かってしまう子だったのではないかと」

「それは少し意地悪な見解ね」

柊子さんがいい、

「分かるような気がします」

展子がいった。

「分かるの？」

柊子さんが展子に訊き、

「なんとなく」

と答えた。去り際を思えば。小声で付け足した。

「その通り」

はとりみちこが背筋を伸ばす。

「かのじょは去らなければならなかった」

ある日突然現れたのと同じようにね。願った通りに愛され、大事にされ、理解され始めたら、出奔する。なぜなら、それは、とはとりみちこが言葉を切った。展子が後をさらう。

「『ほんとう』の自分じゃないからですね」

「『いわゆる』を付けたほうがいいわね」

　はとりみちこがまじないを唱える老婆みたいな低い声を出した。しかし、その横顔はおでこと鼻の高さがほぼひとしいような、三歳児くらいのものである。

「『いわゆる』、かのじょが思うところの『ほんとう』の自分よ」

「……でも」

　柊子さんが口をひらいた。柔らかに唇を閉じ、襟足をさする。首を傾けている。展子が『タイム屋文庫』で読んだときより幾分太くなったと思われる首に横皺が入っている。

「それのどこがリコリスの法則なの？」

　最前、展子がした質問を繰り返す。ああ、それは、とはとりみちこがソファの背もたれにからだをあずけた。

「こじつけ？」

「こじつけ、ってみっちゃん」

　あんたあんなにたいそうな前振りしといて。柊子さんが身を乗り出して異議を申し立てた。はとりみちこが平然と答える。だって。

「リコとリスを合わせたらリコリスになるじゃない？」

「それだけだっていうんですか？」

ソファの座面に手をついて、展子もはとりみちこに詰め寄った。

「調べてみたらリコリスは甘草のことで、生薬《しょうやく》で、緩和作用や止渇《しかつ》作用があったと。甘草湯は喉の痛みや咳を鎮める、と」

これ、非常に象徴的であると、ぴんときたのよ。リコ、あるいはリスの役割を表している、とね。まあ、あくまでも、小説でいうなら、だけれど。そしていささか古めかしい手法ではあるけれどね。でも、そのぶん、オーソドックスといえなくもないじゃない？　両てのひらを上にして、お手玉であそぶような身振りをしながら、はとりみちこがゆっくりといった。

「名前って大事よ」

そのひとが謎の人物だった場合、名前はとても重要なヒントになる、と、お手玉を高く放る真似をした。

「リコもリスも、本人が名乗ったわけだし」

「リコは、リコリスなんて生薬を知らないと思う」

「リスもよ」

リコリスどころか、生薬という漢字も読めるかどうか、と苦笑する柊子さんと展子の目が合った。うなずき合ったら、「まさか」という言葉が同時に浮かんだ。少なくとも、展子はそう思った。わたしと柊子さんは同一人物を頭に思い描いているようだと。まさか、と。

「とにかく」

はとりみちこはどこぞの社長みたいにソファにふんぞり返ったまま、ぱちんと手を打った。

「伝聞情報を総合すると、似たような印象の謎の人物が、あたしの周りにふたりいるってことになるの。ということは、このふたりはどうしたって同一人物になるのよ」

そこで柊子さんが大げさにため息をついた。

「……フィクションなら、の話でしょ、みっちゃん」

このひと、ときどき、お話の世界も現実もいっしょくたにするみたいな訳の分からないことをいい出すのよ、とこれは展子に向かっていった。わりと茶色っぽい黒目に「まさか」が浮かんでいると展子は見て取る。自分の目にも浮かんでいるのだろうと思いながら、

「たとえフィクションにしたって、べつべつの話ですしね」

柊子さんに、大いに同調する、というふうにはっきりと発音した。

「違うんだなー、テンコちゃん」

はとりみちこがボルドーのタートルのネック部分を伸ばして口を覆った。すぐに下ろして、

「あたしがもしもリコの話を書いたとしたら、連載第一回目から、リコはリスだと気づく読者がいるはずよ」

たぶん、あたしが、リコがリスだと気づく前から気づかれるわね。うんうん、とはとりみちこが短いうなずきを何度もやる。そう大きくない目玉を右上に動かして、

「『リコリス』に気づいたひともいるかもしれない」

といった。なにかこうシミュレーションした上での発言だろう。

「書き手よりも早く？」

柊子さんが雑《ま》ぜっ返した。書き手がはたと気づくのは、と、はとりみちこが口もとだけでわずかに笑った。

「連載第六回目くらいかも」

それから、と展子は柊子さんのいった言葉を思い出した。まあ、ここはみっちゃんの顔を立てるとしましょうか、テンコちゃん。わたしはリスが元気でいると分かればそれでいいのよ。名前なんてどうでもいいの。だって、リスはリスなんだもの。そし

て、それから、と展子はさらに思い出している。せっかくだから、うたた寝してみる？　と柊子さんはいったのだった。

何度も思い返したその夢のことをまた胸に浮かべようとして、杏子の金切り声に遮られた。暗がりで切り裂きジャックに遭遇したような悲鳴である。首をすくめて見てみると、杏子は「おしたく」をさせられようとしているところだった。ピンクのボアのコートを兄嫁に着せかけられている。

タイム屋文庫に行った翌日の日曜だった。展子は実家にきている。実家は石狩市《いしかりし》にある。札幌に隣接するまちだ。展子の暮らすいまのアパートからは地下鉄とバスを乗り継ぎ約四十分の距離である。天気のよい日だからこのくらいの時間で着いたが、荒天だったら一時間半はみなければならないところだった。石狩は風の強い町なのだった。地吹雪で前後左右が見えなくなることもある。

昼前に到着したら、兄一家がもうきていた。居間にあったセンターテーブルには、手巻き寿司の用意がしてあった。杏子は靴下を脱いでいて、マグを両手で持ちながら、車座になった大人たちを順繰りに回っていた。兄と父のところでは胡座《あぐら》をかいた隙間に、ずいずいずっころばしをやるようにして小さな足を入れようとしたり、兄嫁と母のところではサーモンやイカの寿司をたべさせてもらったりしていた。

少し早めのクリスマスプレゼントということで、展子は杏子におさかなのシロフォンを渡した。いつもすみません、と兄嫁が頭を下げる。ほら、ありがとうは？　と杏子に礼を促す。杏子は包み紙を剝きながら、気持ちなんかちっともこもっていない声でありがとうとさけんだ。たいそう機嫌よくシロフォンを叩きながら、少しの間、ヒットソングを歌っていた。幼児が口ずさむのはどうかというような恋愛の曲だったのだが、そこがまた愛らしいと大人たちの目を細めさせた。おいおい、意味、分かってんのか、と兄が笑う。分かっていたら大変だと父が笑う。パパと呼ばれ、じいじと呼ばれ、やにさがっているふたりである。

その点、展子は分がわるかった。杏子とは年に数回しか顔を合わせない。このひと、だあれだ？　と会うたび兄嫁が展子を指差し、杏子にクイズを出す。杏子は、のぶちゃん！　と元気いっぱいで答えるのだが、どうも事前に練習してきた感じである。ママと呼ばれ、ばあばと呼ばれる兄嫁と母は、杏子にそう呼びかけられても、男どもより冷静である。というか、そう呼ばれることを兄や父よりありがたがっていないように展子には見える。もっとも喜んでいるのが父で、杏子にじいじ、じいじ、とそばに寄ってこられると、命すらも惜しくないという風情になる。

「つくしたい」

ピンクのボアのコートを着せられた杏子が、靴下を指差した。辞去する決意を固めたようだ。兄がいうには、午後四時からなにやら用事があるらしい。それは兄の用事なのだが、一家の運転手はかれだけだから、家族揃っておいとまするというわけだった。兄の家も札幌市内だ。距離でいえば、展子のアパートよりも実家から遠い。それでも月に二度は孫の顔を見せにあそびにきているようだった。

裏に滑り止めの付いた靴下をばあばに履かせてもらったら、杏子は自ら玄関に歩いて行った。もうここには用はない、というふうのきっぱりとした足取りである。

「じゃーねー」

兄一家と玄関を出て、ワゴン車が走り去るまで寒いなか見送った展子の両親に向かって、杏子はぶんぶんと手を振った。名残惜しいというよりは、手を振ることそれ自体が愉しくてならないというふうな振りっぷりである。

気の抜けた炭酸水みたいな沈黙。

「さて、と」

父が呟く。特になにをしようというのでもなさそうだった。しかし、いった手前、なにかしたいと思ったようで、リモコンを手に取った。少々のザッピングの末、NHKに落ち着いた。父専用の肘かけ座椅子の背をやや倒し、テレビを鑑賞する姿勢に入ったと思ったら、からだを起こした。脇に置いてある小引き出しのなかから血圧の薬を取り出す。

「水」

母に声をかけた。母は杏子が散らかしていった細々としたものを拾っている最中だった。指人形、からのペットボトル、用途不明の鍵などである。その前に母は石油ストーブの温度を若干下げた。もとより節約のため室温は低めに設定しているのだが、兄一家がいるときだけはちょっと高くするのである。杏子が風邪をひいたら可哀想だというのがその理由だ。

「水」

父が再度いい、母が中腰の姿勢のまま振り向く。

「おすくり、服むから」

杏子の物いいを真似て、父が母に薬包を見せた。おすくりって。展子は心中で父へ強めに突っ込みを入れた。匂坂輝義《てるよし》、五十九歳。秤、レジスターなどを販売する会社に勤めて三十六年になる。経理畑をひとすじに歩いてきたひとで、趣味は囲碁。頰や顎、あちこちの骨が出張ったというような角ばった顔をしていて、普段はたいへん無口である。初孫にめろめろなのはまあいいとして、初孫が帰った後でも、おすくりとは。

「展子、おとうさんがお水だって」

お願いかだら、って、と父がいっていない文言を付け加える。ほころんだ口もとが初孫への愛おしさを伝えていた。台所に立って、コップに水を入れながら、展子はひどく老け込んだ気がした。自分も引っくるめて、この家全体に高齢化の波が一気に押し寄せたようだった。とはいえ展子はまだ「娘」のつもりでいた。父も母も展子からしてみたら「親」である。そこに以前は「息子」がいて四人家族だったのが、すごく昔のことのようだ。

コップを持って居間に戻る。おすくりを服む父に血圧の数値を訊くと、正常の範囲内に収まっていたのでほっとした。母が手巻き寿司の残りを小皿に取り分けラップをかけて冷蔵庫にしまうのを手伝って、ひと息ついた。クリスマスプレゼントを渡した。父にも、母にも、手袋だ。色は焦げ茶とおんなじで、甲部分に張り付いた飾りの革ベルトの色だけ違う。

「いいものだな」

「いいものねえ」

おお、こりゃありがとさんです、と軽く礼をいってから、両親が展子の選んだ手袋をおおまかに誉めた。次に細部を誉め始める。カシミア混であること、色合いがなんとも上品であること。実はブランド物なのよと展子がタグを両親によく見せようとしたのは、自慢ではなく、協力だった。「親」は一生懸命「娘」からのプレゼントを誉めようとしてくれているのである。かれらが貰って嬉しいのは、品物ではない。

遠近両用の眼鏡の下のほうを使って、ブランド名を読み上げる父の傍らで母が大きくうなずいている。兄夫婦からはクリスマスの贈り物などないはずである。しかし、両親はそんなこと全然気にしていないようである。だって、杏子という名のプレゼントを三年前に貰っている。杏子は黄金よりまばゆい光を放つトレジャーだ。かけがえがないとはこのことだ。

ひとしきり誉めた後、両親は手袋を箱に戻す。母はシール式になっているリボンを丁寧にはがして、電話台に置いてある缶製のペン立てにちょんと貼った。今度杏子がきたときに、胸もとにでも貼ってやろうと思っているのだろう。

「……変わりないか？」

テレビに視線をあてて、父が訊く。体調とか仕事とかいろいろな意味のこもった言

葉であろうと展子は思い、

「変わりない」

と短く答えた。まるっきり、といい添えて、やや豪快に笑ってみせたら、恋愛結婚方面の意味が急に浮き出る。

「きょうび、三十で独りなんて普通だものね」

いかにも心得たというふうの、母の科白に展子は少しだけ苛、とした。こめかみが一瞬ぴくりとするほどのささやかな苛々は、実家の古ぼけた調度を目にするたびに抱く感情とかなり似ている。展子の趣味からすれば見ていて愉快ではないのだが、実家の家具や手まわりの道具類は慣れ親しんだものである。失くなったら、さみしいだろう。それと同じように、恋愛結婚周辺の話もされなければされないできっとさみしい。

「あ」

壁かけ時計に目を上げて、小さく、しかし、明瞭に呟いた。

「これからちょっと用事があるの」

ごめんね、長居できなくてと展子は帰り支度を始める。

「お兄ちゃんだけじゃなく、あんたまで用事なの？」

師走ねえ、忙しいのねえ。母は娘の用事について特に詮索しようとせず、子供たちの多忙を十二月のせいにした。

バスから地下鉄へと乗り継いで、展子は札幌中心部に向かっている。出入り口に近い席に腰かけて、タイム屋文庫でみた夢を思い返した。すぐにうつらうつらできたのは、やはり不思議なことだった。いや、板敷きの居間に横たわる前から眠気がさしていたのだった。当初、おもな話者ははとりみちこだった。かのじょの声が展子のなかに「入って」くる感触。胸のうちの夾雑物もろとも、とろみを付けて仕上がって、夢を受け入れる準備は早くも万端となっていた。

スタンダードミュージックがかかる。聴き覚えはあるけれどタイトルを確といえない曲が流れてきたところまでは記憶がある。海の青さに翳《かげ》りがでてきたこと。枕にしたクッションカバーの清潔な匂い。目と耳と鼻で構成されたシーンが、そこで、かっきりと切り替わった。眠りに落ちて、夢をみた瞬間だと展子は考える。

白い夢をみたのだった。目に入ってくるもの、とにかく全部が真っ白いのである。天井も壁も床も、と思った覚えがあるから、室内だろう。雪や、お餅や、たとえば椿の花弁みたいな白色ではなかったから、どこかの部屋のなかと断じてよい。殺風景な光景だが、そうとは感じていなかった。むしろ、なにかが始まりそうな予感が胸のうちの大部分を占めていた。だれかと見つめ合っているのだった。いや、だれかではなく、なにか、かもしれない。これから始まりそうな「なにか」である。

デパートの東側玄関で宮古正晴と落ち合う約束をしていた。六時半に待ち合わせて、江口由里を「急襲」しようじゃないかという作戦である。宮古正晴が首謀者だった。リコの名前を聞いたときの「えぐっちゃん」の反応をじかに見たい、と一昨日の夜の電話でかれはいった。江口由里の勤めるデパートに連絡を入れたら、忌引休暇中だったと展子が報告したのを受けての提案だった。

待ち合わせ場所に到着した。厚いガラス扉を押しひらき、宮古正晴を目で探した。背なかから声がかかる。

「おせーよ、テンコちゃん」

振り向いたら、根上茂が、ども、と口を動かしていた。そら豆さんもいた。夫婦揃ってデパートがお客さま用に置いている椅子に腰を下ろしている。宮古正晴も座っていた。三人とも同じ缶コーヒーを手にしている。宮古正晴に至っては、座らせられ、持たせられているようすだった。照れ笑いのようなものを浮かべているが、まんざらでもなさそうだ。展子がくるまで、根上夫妻とけっこう和やかに歓談していたのだと知れる。

「じゃっ、行くとすっか！」

根上茂が号令をかける。江口由里がいるはずのハンカチなどを扱う売り場は一階にある。

「なんだか、こういうことになってしまって」

宮古正晴が展子に小声でいってきた。仕事が早く退けたので喫茶「喫茶去」に立ち寄ったのだと、宮古正晴は腰をちょっとかがめて展子に事情を説明した。手短だったが、喫茶「喫茶去」店内のようすが展子のまぶたの裏に鮮明に浮かんだ。ようく分かりました、という目で宮古正晴を見上げる。思ったよりも近くにかれの顔があり、心臓が跳ねた。幼児のケンケンほどの跳ねようだったから、なんだか安心した。その理由を、一から順番に列挙しようとして止めた。

根上茂が立ち止まる。売り場からはほんの少し離れた場所である。展子を手招きし、接客中の店員を顎で示した。

「あいつ、かな？」

展子は無言でうなずいた。宮古正晴にも、そら豆さんにもうなずいてみせる。

江口由里は制服を着ていた。なにやかやと詰め込んでいるようで、ベストの胸ポケットが膨らんでいた。背丈は展子とそら豆さんの間くらいだから、高いほうではない。そのわりに肩幅がわりとがっしりしていて、丈夫そうな印象を受ける。髪型は相変わらずどんぐりをかぶったようなマッシュルームカット。ＯＬふうの女性客の注文をにこやかに承った。レジカウンターに案内し、一礼してその場を離れる。

早足で店の奥に立ち去る江口由里に展子が声をかけた。そのときにはもう売り場ではなく、従業員以外は入れないドアの前まできていた。

振り返りざまにもかかわらず、江口由里は感じのよい笑顔を展子に向けた。平凡な目鼻立ちが瞬時に華やかになる。江口由里の表情は立体的だった。

展子はまず勤め先の名をいった。

「いつもお世話になっております」

すぐに晴朗な声が返ってくる。展子はなんだかほっとした。このひとなら受け入れてくれるというような確信が突如芽生える。

「実はわたくし、松本リコさんの友人でして」

単刀直入に切り出した。ああ！　リコの！　と、展子のなかでは江口由里はそんなふうに打てば響くはずだった。しかし、目の前の江口由里は感じのよい笑顔を広げながら、首を傾《かし》げる。

「ま　つ　も　と　り　こ」

さん？　句読点を入れずにリコの名前を単純に分解して発音したので、ただ平仮名を並べただけに聞こえた。


「テンコちゃんにはガッカリだよ」

もうちょっとしっかりしてると思ったね。そら豆さんが何度も同じことをいっている。意気消沈してデパートを後にした展子たち一行の足は喫茶「喫茶去」に向かったのだった。四人はボックス席に落ち着いて、反省会のようなものをひらいている。江口由里はリコを知らなかった。松本リコという名前には真実心当たりがなさそうで、展子や宮古正晴や根上茂がてんでに口にしたリコの特徴やプロフィールを聞いても、首を横に振るばかりだった。どんぐりじみた髪型の毛もさらさらと揺れていた。

「えぐっちゃん」から、小鳥ちゃんシリーズのハンカチを貰ったみたいなのですが、と宮古正晴がいうと、晴れやかな笑顔を微苦笑に変え、腕をゆるく組んだ。

「わたしを『えぐっちゃん』と呼ぶひとはたくさんいますし、それに小鳥ちゃんシリーズのハンカチなら、当時、わたしは会うひと会うひと、くらいの勢いでプレゼントしまくっていましたからねえ」

とのことである。がっかりしている展子たち四人の気を引き立たせようとしたらしく、

「そのころ、行きつけだった居酒屋で知り合ったひとのひとりかもしれません」

うん、きっとそうだと思いますよ、と声に力をこめてみせた。

「お役に立てなくて、申し訳ありません」

江口由里の最後の言葉を復唱して、そら豆さんが頭を下げる真似をする。

「……まあ、どやどやといきなり押し掛けていったこっちもわるいんだし」

いやな思いをさせてすまなかった、と宮古正晴が皆に謝った。何遍も謝っている。

「嘘ついてんだよ、あの女。なーにが行きつけの居酒屋で知り合ったひとのひとりだよ」

根上茂はずっと憤慨していた。かれは唯一、江口由里に会ったことがある者なのだ。

「えぐっちゃんだよ。間違いねえよ」

しかし、話をよく聞いてみると、かれがいう「会った」はどうにも怪しいのだった。リコがえぐっちゃんと会うといって出かけたのを尾行して、遠くからながめたき

りというのが事実のようだ。とはいえ、根上茂にいわせると、

「あの態度のでかさ、どんぐり頭は、完全にえぐっちゃんだって」

といい張るのである。そら豆さんは夫がかつて惚れた女の浮気を勘ぐり、後をつけたという事実が我慢できないらしく、

「テンコちゃんがしっかりしないから」

こんなグダグダの事態になったと主張している。

「連絡先の交換はしたじゃない？」

なにか思い出したらでいいですから、って、ほら、と展子は携帯をそら豆さんに突き出して見せた。その携帯が鳴った。江口由里からの着信だった。リコというひとは知らないけれど、と前置きして、

「リンコならよく知ってる」

という声が展子の耳に「入って」くる。幼なじみだそうである。ただし、本名は芝《しば》田倫子《たともこ》というらしいのだが。十二月二十一日。

8　虹の化石

待ちびときたる。江口由里が喫茶「喫茶去」にやってきた。八時だった。

「……時間的にいっても、まさに全員集合！　っすね」

若干の間を置き、カウンターのなかからヤマちゃんが声を放った。だれに向かってというのでもなかったが、口火を切った、という恰好になった。待っていたほうも待たれていたほうも、首を突き出すような挨拶をしたきり、なんとなく手持ち無沙汰になっていた。

「8時だヨ、ってか？」

古いよ、ヤマちゃん。根上茂がいち早くヤマちゃんの種蒔きしたムードに乗った。

根上茂は江口由里ではなくヤマちゃんに視線を合わせていた。カウンターに向けて、からだもひねっている。四人がけ席の奥のほうに座っていた。窓台に腕を乗せ、もう片方の腕はソファの背に置き、伸ばしているのだった。隣でそら豆さんがいつものように腕組みをしてふんぞり返っている。足も組んでいたが、これは夫婦ともどもで、展子からしてみたら既に馴染みの光景だった。

いつもと違っていたのは玄関ドアにぶら下がっているカウベルがカラコロと鳴ったときである。夫婦揃って目の動きが止まった。吸い込んだ息を吐くのをうっかり失念したようでもあった。そのとき、宮古正晴もまじえ四人で話していた内容を展子はもう忘れていた。どうという話ではなかったはずだ。これから江口由里がやってくるというのに、かのじょの話題を慎重に避けていた覚えがある。

一点に向けて視線をそそぎ、息を吐き出す根上夫妻のようすは、わたしとそっくり同じだっただろうと展子は思っている。

顔だけで玄関を振り返り、江口由里を認めた瞬間、飛行機が離陸するときのような感覚が起こった。滑走路を走っていって、スピードが上がり、轟音が耳のなかで膨らみきったと思ったら、飛行機の先のほうがふわりと持ち上がる、あの感じだ。自分のからだも持ち上がった気がする。水平飛行に移るまで、飛行機はひたすら上昇するから、からだが後方に傾き、斜めになる。昇っていっているのだな、と実感が胸の内側にひらく。窓に目をやれば地面が見る間に小さくなって、下界になっていき、もう降りることはできないと思う。目的地に着陸するまで降りることは叶わない。逆にいうと、目的地が決定しているから離陸できるわけで、そのどちらもが展子を少しだけ不安にさせる。

（江口由里が連れていく目的地はどこだろう？）

不安だけでなく、展子は少し緊張もしていた。そこに興奮や期待がミックスされて、全体的にはやや上擦《うわず》っている状態である。

「若い身空でよく知ってんね。おれだってぎりぎりなのにさ」

根上茂がヤマちゃんに話しかけている。「8時だヨ！　全員集合」の話だったが、「身空」などというほとんど死語が出てきたのを見ると、根上茂も自分とよく似た気持ちかもしれないと展子は思った。

「ＤＶＤとか出てるし」

知識としては知ってますけど？　ヤマちゃんが答え、

「志村が一斗缶でいかりやを殴ったりしてたよね」

宮古正晴も輪に加わった。

「……金ダライもよく落ちてきてたわよね」

といったのは江口由里だ。四人がけ席のほうに歩いてくる。そら豆さんが立ち上がり、席をすすめた。

「お菓子か海苔みたいな四角い缶の蓋でも頭をはたいてたよな」

根上茂がそういいながらソファの背に伸ばしていた腕を下ろした。

「メガホンでもね」

長さんが。探検コントとかで、といいながら江口由里は金茶色のダウンコートを脱いだ。根上茂が受け取って窓台に置く。

「おいーっす」

着席した江口由里が敬礼の身振りのあと、挙げた手を前方に押し出した。ドリフターズのリーダー、いかりや長介の決め科白と決めポーズだ。

そして、江口です、と改めてお辞儀した。そこへそら豆さんが水とコーヒーを運んできた。勤め帰りの江口由里が空腹だったので、それじゃあ皆でスパゲティでもということになった。ナポリタンだ。

ヤマちゃんが野菜と魚肉ソーセージを切り始める。茹で上げておいた麵と具材をフライパンで炒め、ケチャップで味付けする。塩と胡椒を振りかけてまず二人前が出来上がった。そら豆さんが運んできて、江口由里と根上茂の前に置いた。ヤマちゃんが次の二人前に取りかかり、江口由里は芝田倫子の話を始める。

「リンコがリコというひとかどうか分からないけど」

前置きから入った。でも、とつづけ、

「リンコならそういうことをやりそうだし」

と自信のほどを覗かせた。それにこのひと、と宮古正晴を目で指した。

「ミヤコちゃんでしょう?」


芝田倫子。愛称リンコは嘘つきだった。嘘というより作り話といったほうが適切かもしれない。いずれにしても他愛ないものである。それでだれかが深く傷ついたわけではない。

小学校の児童玄関を出てすぐのところに、崖があった。上には草木がたくさん生えていたが、下にいくほどなだらかになっていて、裾広がりの印象を受ける。薄茶色の落雁《らくがん》みたいな土が露呈した崖裾の脇を多くの児童たちが通っていった。リンコも江口由里もそこを通って登下校していた。

その落雁みたいな土を掘れば水晶が採れるとリンコがいい出し、児童のあいだで「採掘」がブームになったことがあった。なるほどその土をながめると透明な粒が光を受けて煌《きら》めいている。定規や分度器の角で掘れば、ほろほろとこぼれた土のなかに透明な砂粒のようなものが混じっていた。しかし、リンコがいい出すまで、それが水晶とはだれも気づかなかった。水晶が「宝石みたいなもの」だとも知らなかったし、「売ればけっこうな値段になる」とも知らなかった。ただし、水晶の売買は「大人になってからでないとできない」けれど。とはいえ、両手に山盛り一杯集めたら「ふろうふし」のひとになれるいい伝えがあるそうだから、どちらに転んでも魅力的な話だった。

リンコは級友たちが採掘した「水晶」の鑑定人を請け負っていた。手のひらに透明な粒を載せ、とっくりと観察したのち、

「しがないガラスだ」

とか、

「おお、これはまた上物の水晶だ」

と、もったいぶったようすで断じていた。もしも口髭《くちひげ》をたくわえていたとしたら、そいつをちょちょいと撫でるような感じだった。江口由里が採掘したものは、「水晶からダイアモンドにせいちょうする途中」の非常に貴重な石だとため息をついた。

「こんないいものには滅多にお目にかかれないよ」

さすがはあたしの親友だ、という面持ちで江口由里を見て、しっかりとうなずいた。

ふたりは虹の化石を作るのに精を出したこともあった。大工さんから木の切れ端を譲ってもらい、石油に浸すのに凝った時期だ。木の切れ端はリンコいわく「ななくろ」に染まって、まったく虹のようだった。さらにリンコがいうには、虹の化石は、

「ほんとうの虹よりもすごい」

のだった。なぜなら、

「お願いすれば、どんなものでも叶う」

からで、ただし、

「おかねといのちはべつ」

だそうだが、それは小学校低学年だった江口由里にはあまり興味がない事柄だった。親の目を盗んでポリタンクからスコスコ（ポンプのようなもの）を使って石油をビニール袋に入れてはリンコと一緒に虹の化石を作っていた。お願いが叶うか叶わないかは、虹の化石の出来にかかっており、その出来はリンコにより決定された。

「どんな願いでも叶う虹の化石はとうとう作ることができなかった」

江口由里はナプキンで口もとをおさえて、四人を見渡した。そら豆さんはカウンターのなかから持ってきた椅子に腰かけ、話に加わっていた。長方形の卓の短いほうの一辺に急ごしらえの席を作っている。

「……嘘つきというより、空想好きの女の子という感じですね」

宮古正晴が頬に手をあて、温かな声でいった。

「リーダーシップを取っていたのが、少し意外かも」

展子はそう口にしたが、空想好きも主導権を握るのもリコらしいといえばいえる、と頭の隅で考えていた。リコとの関係を思い返せば、実質の主導権を握っていたのは、たしかにリコだった。

「『虹の化石』作りはみんなを巻き込まなかったんだ?」

そら豆さんが江口由里に訊いた。そら豆さんは、ひとりだけ、まだスパゲティをたべている。喫茶「喫茶去」にはほかに客がいなかった。もともと夜間はそんなに混まない店のようだ。一応はビジネス街に立地しているので、日曜の夜ともなればなおさらだった。

「『虹の化石』作りはふたりの秘密だったから」

江口由里がわずかに笑んだ。それでも立体的な表情に見えるのは、たとえわずかであってもかのじょが笑めば、きゅっと頬が持ち上がるからだろうと展子は観察した。

「ていうか、あいつ、子供のころはずいぶん難しい言葉を知ってたんだな」

根上茂が窓に目をやり、呟いた。つられて展子も窓の外を見た。ちらほらと雪が降っている。外はもう暗かったし、風もなかったので、空から降ってくる雪の軌跡は途中で幾度か捉えられなくなった。時折光って見えるから、水晶の粒のようだと展子は思った。消えたり現れたりを繰り返して、数えきれない雪のひとひらが地面に落ち、そして積もっていくのだなあと。

「リンコは頭、よかったわよ」

すごく勉強ができたの。江口由里が心外な、という顔で根上茂にくっきりとした声を放った。

「頭がよくても、変わった子っているからね」

そういうアレなんじゃないの？　そら豆さんが割って入った。そら豆さんの皿にはまだスパゲティが半分以上残っている。

フライパンの都合で二人前ずつしか作れないから、そら豆さんのぶんはいちばん最後に出来上がった。だから、そら豆さんがたべ始めたのは五人のなかでいちばん遅い。それを差し引いてもそら豆さんはたべるのが遅かった。一糸乱れぬというふうになるまで麺をフォークに巻き付けてからでないと、口に入れようとしないのだ。きれいに巻き付くまで何度も、何度も、やり直していた。

「なに？」

展子の視線を察知して、そら豆さんが顔を上げた。ものいいたげな口もとをしている。そら豆さんがいいたいものは、じろじろ見てんじゃないよ、に違いない。

「いえ、べつに」

視線をそら豆さんが持っているフォークまで下げて展子は答えた。

「どこかで見たことがあったなあ、と思って」

口にした途端、思い当たるふしがあったことに気づいた。はっきりとは思い出せないけれど、こういうたべ方をするひとを知っている。

「とろいやつってことかい？」

「そうじゃなくて」

……そうじゃなくて、と再度いって、展子は首をかしげた。次の言葉が頭のなかをいくら探っても出てこなかった。

「あたしだって知ってるよ」

テンコちゃんみたいな奴をね。なにかいいかけたそら豆さんを、

「いいから喰えって」

と根上茂が押しとどめた。

「てか、おれって基本的にとろい女がタイプだったりするんだよね」

ちょっといじめたくなるようなのに萌えるんだな、これが。根上茂が案外真面目な顔つきで宣言するようにいった。

「実際にいじめるわけじゃないんだけどさ」

「分かりますよ」

なんとなくだけど。宮古正晴が同感を表明したのは、真意なのか場の空気をやわらげたいだけなのか、展子には判じがたかった。

「あたしも分かるわ」

江口由里も朗らかな声で同意した。小さくハイと手を挙げている。

「ほっとけないのよね」

どこか頼りないというか、そういう部分。


リンコと江口由里は小学校入学時からの友だちだ。

江口由里がいうには、小学校に上がるちょっと前にリンコの一家が近所に引っ越してきたらしい。

「らしい」というのは江口由里の記憶が曖昧だからなのではないようだ。気がついたら、リコ一家は江口由里が以前からよく知っている家に住んでいたらしい。子供の耳にも入ってくる大人たちの噂を寄り集めても、「いつのまにか、畠山さんのお宅にひとが増えた」ということにしかならないという。

「老人の独り暮らしはさみしいので、遠くの親戚にきてもらった」

と畠山さんが話していたとの噂が、具体的といえば具体的な情報だった。

畠山さんはおばあさんである。茶トラの猫が立って歩いている印象のひとだった。大体いつもそんなような色合いの洋服を着ていて、白い前かけをしめている。年齢は不明だが、七十を超しているのは確実で、だとしたら歳のわりには目がくりっとしていた。むろん猫背で、だから、茶トラの猫がよいしょと立ち上がり器用に後ろ足だけで歩いているように江口由里には見えたのだった。

畠山さんのお宅は、江口由里の家から歩いて十分くらいのところにあった。江口由里が通っていた幼稚園の向かいだ。幼稚園の園庭には鉄棒や滑り台やブランコがある。まだ雪は残っていたが、もしかしたらブランコであそべるようになったかもしれないと思って、江口由里は卒園したばかりの幼稚園まで出かけて行った。

園庭のブランコは太い縄で縛られたままだった。北海道ではブランコも冬囲いの対象になるのである。やや気落ちして引き返そうとした江口由里の目にべつのブランコが飛び込んできた。畠山さんのお宅の庭に木製のブランコが一台あった。ごくシンプルな作りの、二人がけのものだった。「大草原の小さな家」に出てきたローラのブランコに少しだけ感じが似ている。江口由里は乗りたくなった。乗って、こいで、ゆらゆらしたくなった。

こんにちは、こんにちは、と畠山さんのお宅のなかまで絶対聞こえない挨拶をしながら、木製ブランコに近づいていった。思い切って腰を下ろす。足が浮きそうになったので、お尻の位置を安定させたら完全に足が浮いた。丸太でできたシートに両手をついてから、恐る恐るこいでみた。

幼稚園のブランコみたいに両手で持つ鎖がないから、上手にこげなかった。そこで隅っこのほうに移動して、肘かけのようなものを両手で摑み、空を足で蹴った。それなりに愉しかったが、乗り心地はあまりよくなかった。でも、なんだか降りがたくて、こぐでもない、こがないでもない足の蹴りようをつづけていた。

そのとき、畠山さんのお宅の玄関が開いた。なかから女の子が出てきて、木の実みたいなコツンとした感じの黒くて丸い目で江口由里をじっと見た。

「それ、おとうさんがいっていいわなきゃ、乗ったらだめなの」

声を張り上げ、棒読みでいった。その女の子は自分と同い歳くらいだと江口由里は見当をつけた。

「知ってる」

江口由里は答えた。しぶしぶというふうを装ってブランコを降りながら、

「ちょっと間違えたんだ」

と独り言をいってみた。

「あたしもよく間違うんだ」

その女の子がすかさずいった。今度は小さな声だった。山吹色のセーターに灰色のスパッツ。赤い長靴をはいた足で江口由里に近づいてくる。歩を止めて、

「ひとん家《ち》のものにむだんで乗っちゃいけないんだからね」

と玄関のほうに顔を向けて、また声を張った。

「どろぼうと同じなんだからね」

さらに大きな声を出す。

「分かった？」

口をはっきりと動かして劇中の科白をいうようにいう。感情はこもっていなかった。ただ声を張り上げているだけで、その女の子はかのじょがいま出てきた家のなかを強く意識しているように見えた。ふたりが立っていた場所は家のベランダのすぐそばだったが、カーテンがかかっていた。まだ明るい夕方なのに。

江口由里が黙りこくっていたら、

「分かればいいんだ」

と、その女の子はこれまででいちばんの大声を出した。玄関とベランダに、はしっこく視線を走らせてから、

「早く帰ったほうがいいよ」

江口由里に顔を近づけ、小声の早口でそういった。木の実みたいな黒い目を間近で見て、江口由里は瞬間胸が詰まった。その女の子からは饐《す》えた臭いが漂っていた。漬かり過ぎた漬け物と黒くなったバナナが合わさったような臭いだった。

「……どうしてなのか分からないけど」

二杯目のコーヒーに口をつけて、江口由里が短く呼吸した。

「分からないって、胸が詰まったこと？　それとも臭いのほう？　どっち？」

そら豆さんが、そこがたいへん重要なのだというふうに江口由里に訊ねた。スパゲティは、さっき、ようやっとたべ終えた。でもまだ唇はオレンジ色に染まっている。とはいえ、喫茶「喫茶去」に居合わせたヤマちゃんを含めて総勢六人の唇は全員同じ色になっていたのだが。同じものをたべて、のんで、同じ色の唇をしてリコの話をし

ているという状況が、展子はふと可笑しくなった。頬がゆるんだ。

「そこのふたり」

そら豆さんが展子と宮古正晴を指差した。

「笑うとこじゃないんだよ」

そうだ、笑う場面ではなかった。幼い時分のリコの背景がそんなに幸福なものではないらしいということが見えてきた。だからこそ、なにかしら理由をつけて浅く笑ってみたかったのだ。宮古正晴も笑っていたとしたら、おそらく同じ心持ちだったのだろう。

「失礼」

そういって宮古正晴が咳払いした。腰かけ直す。その振動が隣に座る展子に伝わってきた。目を下げて、膝を見た。ぴったりとつけられた両の膝頭を眺め、リコの声を思い出した。とくに特徴のない中音だが、たまに掠《かす》れるときがある。お腹をかかえて笑ったり、喉が乾いていたりしたときだ。新品の麻のシーツに頬擦りするような感触があった。少し硬いということだ。慣れたら柔らかに感じるということで、胸の内側にさらりと触れる。

「……どっちもよ」

リンコの臭いの理由も、あたしの胸が詰まった理由もよく分からない。推測するなら、と江口由里は言葉を区切った。推測になるかどうかも自信がないけど、と付け加える。この件に関しては用心深くいきたいようだ。

「リンコは畠山さんのお宅に、父親とふたりで身を寄せていたみたいなの。母親と妹もいたようなんだけど、別れたみたいでね。いつ別れたのかは分からないんだけど、あたしがリンコを知ったときには、いなかったし、その話をしたがらなかった」

父親の話もしたがらなかった、と江口由里はつづけた。

「働いているようすはなさそうだったし」

たぶんね。だって、といいかけて口をつぐんだ。ちょっと傾げたどんぐり頭をもとに直して、

「畠山さんのことはよく話していたわよ」

おばあちゃんがああしたこうしたって、と弾んだ声を発しようとした。古びたスプリングくらいの弾みようだったが。

「生活はだれがみていたの？」

あえて直截に展子は訊いた。

「おばあちゃんよ」

江口由里が即答し、たぶんね、と付け足す。

「ばあさんなのにか？」

その親父、ばあさんを働かせていたのか？　根上茂がやはり直截に訊く。じゃなくて。江口由里が舌で唇を湿らせた。淡くはなっているもののオレンジ色の唇。

「おじいさんが遺したものがあったから、たぶん」

定年まで役場に勤めていたし。おばあさんも保険会社に定年まで働いていたっていうし。畠山さんのお宅には子供がないから、かなりの額の貯蓄があるって評判で、銀行のひとがご機嫌伺いにくるっていう噂もあったし、年金もいまから比べたらずいぶんよかったみたいだし、だから、たぶん。江口由里は息をついた。

「そんなには困っていなかったと思う」

「そんなには、ね」

そら豆さんが復唱し、

「親父が食い潰したんだな」

根上茂が後をさらった。

「でも、リンコはおばあちゃんに大学までいかせてもらったし」

江口由里の発言に、

「え？」

の合唱が起こった。声を合わせたのは展子と宮古正晴と根上茂だった。そら豆さんが半拍遅れて「え」といったので、三人の声が合わさっていたことに展子は気づいた。三人のあいだで視線が行き交う。

「おまえはせっかく賢いんだから、上の学校にいったほうがいいっておばあちゃんがいってくれた、って」

江口由里の話は、おばあちゃんのリンコへの愛情というものに焦点を絞っていたが、三人の関心はべつのところにあった。展子が口をひらいた。

「その大学をリコは退学したのね？」

「卒業したわよ」

江口由里が怪訝な顔つきで展子に答えた。

「三年生のときにおばあちゃんは亡くなったけど、学費と生活費はその前に貰っていたから。ほら、虫の知らせっていうの？」

「いや、虫の知らせは分かるけどよ」

親父に使い込まれる前に、そのばあさんはリコに金を渡しておいたってことだろ？そうじゃなくてさ、えぐっちゃん、と根上茂が江口由里にからだを向けた。補完するように宮古正晴が口をひらいた。ゆっくりという。

「ぼくたちが初めて会ったとき、リコは大学生じゃなかったんですよ」

「だって、卒業していたんだもの、当然じゃない」

江口由里もゆっくりと言葉を返した。

「ミヤコちゃんと出会ったころはたしかにふらふらしていたけど」

ああ、そうだ。そうだ、そうだ。江口由里は目の前に座っている宮古正晴と、斜め向かいの展子とに忙しく視線を振り分けた。

「そのころ、リンコは一瞬行方不明になったことがあるのよ」

連絡が取れなくなってね。アパートも引き払ったみたいだったし、地元に電話して親にリンコが帰ってきているみたいかどうか訊いたら帰ってきていないっていうし。すごく心配していたんだけど、と、早口で捲《まく》し立てる。たったいま「思い出した」ことに気分が少し昂揚しているようだ。

「待てって、えぐっちゃん」

根上茂が江口由里の話をいったん止めた。

「『地元』ってどこだよ?」

「いってなかったっけ?」

江口由里が根上茂に向けて顔をかたむけた。

「稚内《わっかない》よ」

それはまた、と宮古正晴がソファの背もたれにからだをあずけた。かなり遠いな、と根上茂が窓から外を見る。寒いんでしょうね、と展子がいい、

「で、そのリンコってひと、何歳なんすか?」

ヤマちゃんが江口由里にやや焦《じ》れた声で訊ねた。

「いま、三十三」

あたしと同い歳だから。

「え?」

またしても合唱が起こった。今度も宮古正晴、根上茂、展子の声が合わさった。そら豆さんは無言だったが、指を折って勘定しているようだった。

「あいつ、おれより年上だったのかよ」

根上茂が片頬で笑った。

「一歳上だったんだ」

宮古正晴も口のはたで笑った。

「あれ、あんた、じゃあ、いま三十二?」

と根上茂が宮古正晴に訊ね、

「辰年？」

と宮古正晴も根上茂を指差した。

「じゃなくて」

ヤマちゃんがカウンターに両手をついて、ふたりの会話をストップさせた。

「なんで三十過ぎると話があちこちにいってばっかで、真っ直ぐ進まないんすかねえ」

あーイライラする、と大げさにかぶりを振った。ヤマちゃんが髪の毛に指を入れ、喫茶「喫茶去」に大笑が湧き上がった。閉店時間の九時はとうに過ぎている。

「リコは、四歳、さばを読んでいたのよ」

だれにともなく、展子はいった。胸のうちで作成していたリコの年表に加筆訂正する。それでも虫食い状態ではあった。

本名は芝田倫子。家族は両親と妹の四人。でも母と妹とはなんらかの事情で離れて暮らしている。六歳から、稚内で「遠い親戚のおばあちゃん」の家に住み始める。父は無職で、おそらく高圧的な人物だ。札幌の大学を卒業したものの、正社員として就職はしなかった。

大学三年時に遭遇した「おばあちゃん」の死と関連するかもしれない。卒業して間もなく「一瞬行方不明」になったことを思えば、そこはかとなく想像がつく。「おばあちゃん」の遺言だから大学はきちんと卒業しようと思ったのだろう。

「一瞬行方不明」になっていたあいだに居着いていたのは、タイム屋文庫で間違いないはずだ。ここで芝田倫子はリスと名乗っている。タイム屋文庫の店主である柊子さんと、かのじょの祖母であるツボミさんの話をするのを「リス」は好んだ。

タイム屋文庫を飛び出した「リス」は、電車に乗って札幌にやってきた。駅前のパン屋に勤める宮古正晴と出会う。このときの名前は松本リコ。歳を四歳ごまかした。

「で！」

ヤマちゃんが一同の笑い声が止むのを待って、声を張った。

「リンコってひと、いま、どこでなにをしているんすか？」

「はっきりとは分からないのよね」

江口由里が子供のように首を横に振った。

「でも、父が亡くなって稚内に帰ったときに、リンコの噂話が出て」

父は長いこと入院していたから覚悟はできていたの、とお悔やみを述べようとした皆を制した。

「中学校の先生をしているみたいよ」

リンコのおとうさんがいうことだから、あんまりあてにならないんだけど。あの親父ならな、と知りもしないのに相槌を打つ根上茂に肩をすくめてみせてから、

「ニイザってとこにいるんですって」

といった。

「……埼玉の?」

展子はたしかめた。江口由里がうなずく前に確証はできていた。

ニイザと聞いた途端、奇妙に腑に落ちた。リコはきっとそこにいる。なぜなら、そこには、お嫁にいった隣家のおねえさんが住んでいる。クリスマスキャロルを訳してくれたおねえさんだ。先だって、はとりみちこから聞いた「リコリスの法則」を展子なりに応用したら、リコは新座《にいざ》にいることになるのだった。そんなばかなと一笑に付してもいい思いつきだったが、捨てきれない思いつきでもあった。飛行機が離陸した感じも胸のうちで再生される。わたしはそこに行くかもしれない。そこが最終的な目的地なのかどうかは実のところ不明なのだが。今日はまだ十二月二十一日。

9　集合写真

　とはいえ、伝え聞いた話である。情報の発信源はリコの父らしいのだが、それすら定かではないような、要はただの噂である。

「……行ってみようかな」

　それでも展子がこう口に出していったのは、

「志緒理《しおり》さんのいるところだし」

という、いわば一点突破の心持ちを表明したかったからだった。

「志緒理さんてだれ？」

　宮古正晴が訊ねる。低い声が展子の思った以上に近くで聞こえた。なにかのはずみで丁寧語を外されたことはあったが、こんなふうにごく自然にぞんざいな口をきかれたら、親しい間柄のような感じ、が、ぐっと前に出てくる。

「お隣に住んでいたおねえさん」

体言止めで答えたら、気恥ずかしさが立ち上った。これっぽっちの偶然で、リコがそこにいると決定したのは、われながらどうかと頭の片隅で考えた。しかし、そう考えるのと同じように間違いないと思えてならない。

「え？」

目もとで微笑した宮古正晴の涙袋がやや膨らんでいる。わりにしっかりした唇が半分開いていた。展子も自分の唇が半びらきだったことに気づいて、閉じる。宮古正晴も閉じる。展子がまた口をひらく。

「志緒理さんの」

隣家のおねえさんの名を出して、そのひとが住んでいる場所なのだから、きっとリコはそこにいるに違いない、といった。ちょっと気張った声になった。からだを宮古正晴に向けている。

「だって、わたしのいつか会いたいと思っていたひとがふたりともそこに住んでいるのよ？」

だから、どうしたって、リコはそこにいることになるわけよ。ぱちんと手を打ち、はとりみちこを真似た。

「……直感ってやつか？」

その手のオカルトっぽい意見を真顔でいうのはどうなの、テンコちゃん。そういうタイプだったっけ？　向かいの席で根上茂が眉を八の字にして泣き笑いのふうをしてみせた。

「ていうか、その思い込みの強さはなに？」

そら豆さんは携帯を操作しながら唇を舐めていた。テンコちゃんは気軽に、そこ、そこっていってるけど、と言葉を区切った。

「そこ、人口十五万六千人みたいなんだけど？」

検索したサイトの画面を展子に差し出し、よく見せようとする。

「まーこんだけのひとがいれば、あたしのいつか会いたいひとも住んでるかもしれないねえ」

ねえ、ヤマちゃん、とカウンターのほうを振り向いた。

ヤマちゃんが腕組みして、深くうなずく。

「おれのいつか会いたいひとも、そこにいそうな気がします」

「すげえな、そこ」

根上茂は耳の穴をほじっていた。テンコちゃんもすげえよ、いろんな意味でというのを、宮古正晴がうつむいて聞いている。笑いたいのを堪えているようだ。えっと、と割って入ったのは江口由里だった。

「……すごいのはべつにいいんだけど」

ざわつく皆を両手で制する身振りをした。首をかたむけ、展子の目に語りかける。

「行けばなんとかなるというものでもないでしょう？」

雲を摑むような話だということに江口由里はしたそうだった。

「だって、分かっていることといえば、新座の」

といい、少し間を置く。とある町名を口にした。眉間に浅く皺を入れ、記憶をたぐるように黒目を動かし、合ってる？　とだれにともなく訊ねるふうに疑問符付きで呟いた。合ってる。展子は胸のうちで即答した。そこはお嫁にいった隣家のおねえさんから毎年受け取る年賀状で見慣れた町の名前だった。年に一度とはいえ展子が書き慣れた町の名でもあった。

「あーそこなら人口八千人くらいだわ」

そら豆さんが携帯を見ながらいう。

「なんかこう絞り込まれた感が出てきたっすね」

ヤマちゃんが機嫌のいい声を発した。シンク回りをダスターで力強く拭いている。

「出てきたかぁ？」

根上茂はなぜか泣き笑いの表情を一層強調させて、どうなんでしょう、えぐっちゃん、と江口由里の顔を覗き込む真似をした。

「絞り込まれたといえばそうなんですけどね」

江口由里も根上茂と同じような表情を作って、いわば微々たるもんじゃないでしょうか、ねがっちゃん、と調子を合わせている。

「でも、そこにある中学校は一校なんだよね、これが」

検索をつづけていたそら豆さんが、またしても携帯の画面を展子に見せて、にやりと笑う。展子も笑み返した。

「志緒理さんには、たしか、中学生の息子さんがいるの」

宮古正晴がわずかに眉を上げた。ゆっくりとうなずくのにかぶせてヤマちゃんが、

「結局テンコちゃんにウィナーコールって感じっすかね」

冷蔵庫から出してきたハイネケンの栓を抜いた。喫茶「喫茶去」の閉店時間はもう過ぎている。

「なんだよ、そういう展開？」

ヤマちゃん、おれにもビール。こちらのお嬢さんにも、と手首を返して江口由里を指す。奥さまにも、とそら豆さんも指す。

「なんなら、このご両人にも」

宮古正晴と展子もヤマちゃんに指し示した。ハイネケンをらっぱ呑みしていたヤマちゃんは、手の甲で口もとをぬぐい、ビールはおれの私物なんすけど、と根上茂に抗議した。すかさず、おれからのクリスマスプレゼントだろうが、といい返され、そうなんですけどー、と皆に振る舞うのをしぶしぶ承知した。

展子もハイネケンを瓶から呑んだ。喉に落として、息をつく。ただの噂には違いないが、リコは中学校で教員をやっているらしい。志緒理さんに電話をかけて、息子さんに「芝田先生」がいるかいないかを訊いてもらえば、はっきりする。

「で、『芝田先生』が確認できたらそこに行く、と」

そら豆さんがハイネケンをひと口呑んでから、独言をした。

「リンコと会えるかもしれない、と」

江口由里が顔いっぱいに笑みを広げて、グリーンのボトルをちょっと上げてみせた。

「そして、二十五日だったら、ぼくも行ける、と」

宮古正晴がハイネケンを卓に置いて、展子にいった。

「その日は振替で休みなんだ」

「クリスマスなのに？」

展子が訊いたら、首を少しひねるようにして横に倒した。

「一日しか取れないけど」

宮古正晴の語尾をさらって、

「や。もちょっと時間の余裕があったほうがいいんじゃないすか？」

とヤマちゃんが真面目な顔でいい、

「前の晩の便で発てば、次の日、ほとんど丸ごと使えるんだけどね」

そら豆さんもぽつりといい、

「代表で行くんだから、ある程度の結果は持って帰ってきて欲しいところよね」

時間切れっていうのは悔しいわよねえ、と江口由里が根上茂をちらと見た。根上茂がハイネケンのボトルの口に息を吹きかけ、ひゅうっと音を出してから呟いた。なるほどな。

「そういう展開なんだ」

江口由里はリコの行方を知らなかった。リコとの音信が途絶えていたということだ。そうして捜そうともしなかった。気にはしていたらしいが、三十三歳ともなれば、行方不明の元同級生など何人かいるはずで、江口由里にとってリコはそんな「元同級生」のひとりに過ぎなかったのかもしれない。

展子は眼鏡をずり上げた。いや。

江口由里とリコの付き合いはわたしとリコの付き合いよりも長く、深い。江口由里は、リコにずっと変わらない友情を感じていたはず、と思ったら、タートルを畳む手が止まった。たかだか一泊の旅行に替えのニットは要らないような気がしてくる。胸についい浮かべてしまった、友情、という言葉になんとなく傷ついた感じがする。

テレビ台に載せておいたオルゴールに目をやった。

九日前、デパートの玩具売り場で買ったものだった。円い台座にサンタクロースが腰かけている。手に取って、引っくり返して、台座の裏に付いているねじを回せば、クリスマスキャロルが鳴り出す。十二月二十三日、祝日の夜。明日のこの時間には羽田行きの飛行機に乗っている。宮古正晴とふたりで、だ。そういうことになった。くしくも明日はクリスマスイブだが、あくまで「くしくも」であって、ほかに意味はない。

おととい、喫茶「喫茶去」から帰ってすぐに、志緒理さんに電話を入れた。志緒理さんの声を聞くのはおよそ二十年ぶりだった。

「展子ちゃん？　えー、ほんとうに？」

なんでー？　とうちひらけた明るい声でひとつも取り繕うことなく訊いてくるのは変わっていなかった。

「元気？　いくつになった？　あたしなんか四十六よ、四十六」

と、展子が用向きを述べるあいだにも、思い浮かんだ訊きたいことやいいたいことを差し挟んでくるところも変わっていない。

「しばたせんせい？」

知ってるもなにも、去年まで大樹《たいき》の担任だったひとよ、と広々とした声で笑った。志緒理さんの子供は全員男子で、名前は上から、公生《きみお》、明《あきら》、正巳《まさみ》、大樹である。四男の大樹くんが中学二年生。

「しばたのりこせんせいでしょ？」

「のりこ？」

「倫理の倫」

……ああ、その「りん」。江口由里はリコの本名を「しばたともこ」としていたが、実は「しばたのりこ」だったというのはありそうな感じがする。

「いい先生よ」

正巳は三年間お世話になったの、と志緒理さんは現在高校生の三男の話を始めた。

「十七になったの、今年のイブは彼女とデートだから晩ご飯はいらないんだって、親とクリスマスパーティしてくれるのはもう大樹しかいなくなったわ、こうやってだんだん夫婦ふたりの生活になっていくのねえ」

志緒理さんの話はゆるやかに蛇行した末、しみじみとしたところに落ち着いた。そこで展子は二十五日の都合を訊ねた。大歓迎ということで、志緒理さんが羽田からの交通手段を説明し始める。空港ターミナルからバス一本で行けるらしいが、

「前日は都内のどこかに泊まろうと思って」

といったら、なんでー？　と本気で残念がっているような声が返ってきた。

「でも、夜遅いし」

年末だし。友だちも一緒だし。軽い笑い声を立ててみせたが、

「うちに泊まればいいじゃないの」

お友だちも一緒に！　うちは全然構わないから。ね、そうしてよ。無理にとはいわないけど、せっかくなんだし、という申し出を受けたあと、宮古正晴に電話を入れた

ら、

「ぼくもべつに構わない」

とのこと。

「『お友だち』だからね」

特に間を置かず、そう付け加えた。

「志緒理さんもご主人も朗らかなひとたちだから、初めて会っても窮屈じゃないと思う」

展子も特に間を置かずに応じた。会話に沈黙が入ると、独特の意味が浮き上がってきそうで、結果、口をひらくタイミングがわずかに早くなった。

おととい、喫茶「喫茶去」を出て、少しのあいだ、宮古正晴と連れ立って歩いた。冷え込んだ夜だった。路面を硬く感じた。まちなかだから、降ったばかりの雪がさらっと積もっている程度である。見上げたら、空も硬そうだった。氷のように張っている気がした。石をぶつけたら、穴が開きそうだ。

もしもそこへ行くことになったら、という話をした。二十四日から二十五日にかけての話だ。宮古正晴は終始たんたんとした態度だった。泊まるだけだからビジネスホテルでいいよね。白い息を吐きながら、繻子《しゅす》の帯みたいな手触りの低い声で簡単に口にした。語尾に差しかかったあたりで、展子に顔を向け、うなずきかけては同意を得ようとしていた。

イブやクリスマスはもちろん、性的なニュアンスも、ちっとも感じさせなかった。そんなニュアンスなど含めていませんよ、というニュアンスすら感じられない。含められたら含められたで展子はおそらく身構えてしまうだろうが、でも、まったく含めてくれないのは少しだけつまらなかった。できればがっかりせずに生きていきたいのが信条とはいえ、柔らかな期待も持てないとなると心のやりどころが失くなるようだ。

石をぶつけたら穴が開きそうな空を見上げるようにして、宮古正晴の目を見た。ゆるやかに閉じた唇に、手袋をしていない手があてがわれるのを見る。爪を短く切った大きな手だった。この手がパンを作るところを想像した。混ぜて、押して、畳んで、こねて、発酵させて、こんがりと焼き上げたフランスパンをまぶたの裏に浮かべてみる。そしたら、その焼きたてのフランスパンをひきちぎりたくなった。あるいはそのフランスパンで、宮古正晴の頬を叩いてやりたい。

そんな衝動がからだのなかを駆け上がった瞬間を展子は思い出している。

オルゴールが鳴っている。ねじをいっぱいに巻いたから、ほぼ倍速のクリスマスキャロルである。二十五日を過ぎた途端、クリスマスに関わるなにもかもがちょっと鬱陶しくなる。もう少しの辛抱だという気がした。そこに行って、リコに会ったら、なにもかも、いったんチャラになる。

志緒理さんの家に到着したのは、午後十一時半だった。朝《あさ》霞《か》台《だい》という駅からタクシーに乗った。会社のファクシミリに送ってもらった志緒理さんの手書きの地図を運転手さんに見せ、暗い夜道を曲がりくねって着いたのだった。

「いらっしゃーい」

志緒理さんを先頭にご主人と四男がそう広くない玄関で出迎えてくれた。

「……あぁ、そう」

展子の紹介を受け、挨拶した宮古正晴にとりあえず会釈してみせ、志緒理さんが口ごもった。

「なんか、ごめんなさいね」

展子に小声で謝ったと思ったら、独り笑いを始めた。やだ、もう、とご主人の肩を叩いている。

「いえ、違うんです」

という展子にスリッパをすすめ、宮古正晴にもすすめる。大きいのね、何センチ？と訊いている。宮古正晴は靴を脱ぎながら、足ですか、身長ですか、とにこやかに応じていた。

どちらの数値も一応聞いて、志緒理さんは顔をほころばせた。脱いだ靴を宮古正晴がきちんと揃えたから、もっと喜んだ。宮古正晴をご主人に居間まで案内させておいて、展子にささやく。

「クリスマスおめでとう」

温め直したローストチキンレッグの付け合わせはクレソンとじゃがいも。ほかにサラダとハムやソーセージがあった。いちごとアイスクリームも用意されているらしい。夜も遅いし、それで充分だった。

宮古正晴が志緒理さんに手土産のシュトーレンを渡した。ナッツとフルーツとマジパンの入った、ドイツの伝統的なイースト菓子だそうだ。パウンドケーキみたいな見かけだが、ずっしりと重い。

「パン職人さんなの？」

「書き入れどきなんじゃないの？」

志緒理さんが宮古正晴に次々と訊いている。

「いいの？　休んで」

「今年は特別なんです」

クリスマスに休めるのはこれが最後かもしれません。

白ワインで喉を湿らせてから、宮古正晴が志緒理さんとご主人と展子に視線を振り分けた。四男は玄関まで迎えに出たきり、二階の自室に上がっている。

「実は独立することにして」

宮古正晴がローストチキンレッグに視線を落としていった。つやつやと飴色にかがやく皮。いかにもパリッと焼けている。展子が訊いた。

「……いつ？」

短い言葉なのに明瞭な発言になった。自分の唇がくっきりと動くのを展子は感じた。

「三月、かな」

宮古正晴も発言した。何度もうなずいているから、ぬいぐるみショーのクマさんかなにかのようだ。展子も少し笑って小刻みにうなずいた。微笑という表情をしていると感じる。

「やだ、展子ちゃん、知らなかったの？」

志緒理さんが底抜けに明るい声を出した。

「ぜんぜん。ちっとも」

展子も声を張った。顔の横で両手を大げさに振ってみせる。頬が赤くなっていくのは分かっていた。

「……いや、仕事のことだし」

ご主人が口を挟んだ。とりなす、というふうだったので、展子は耳の付け根まで熱くなった気がした。白ワインをがぶりと呑む。

「仕事の話をぺらぺら喋る男はなあ」

軽い、っていうか、とご主人が宮古正晴に笑みかけた。

「なんでもかんでも喋れっていうんじゃなくて」

志緒理さんがご主人に異議を申し立てる。展子にちょっと視線を送ってから、かすかにうなずいた。

「勤め先を辞めて開業するくらいの一大事なら、話してもらいたいじゃない？」

いくぶん深くなったまぶたのくぼみを持ち上げるようにして目をひらき、展子を見て、いう。

「だからこそ、話すタイミングを見計らうのがむずかしいくらいのことは察してもらいたいよなあ」

ご主人が宮古正晴に渋面を作ってみせた。ええ、まあ、宮古正晴が手探りでグラスを取り、白ワインを呑む。でも、といいかけた志緒理さんを遮って、展子が身を乗り出した。こぶしを卓の上に乗せている。

「でも、黙っているのは水臭いと思う」

友だちなのに、と、そこを強調した。グラスに口をつける。がぶり、がぶり、と呑み干した。

「ねー、友だちなのにねー」

分かった分かった皆までいうな、という感じで志緒理さんが展子のグラスに白ワインを注ぐ。短い沈黙が降りてくる。四人は六人がけの食卓セットに向かい合わせて座っていた。志緒理さんの隣はご主人で、展子の隣は宮古正晴だ。

「……展子ちゃんはそういうとこ、あるから」

志緒理さんが呟いた。

「どういうとこだ？」

ご主人も呟く。

「安定志向なのよ」

子供のときから公務員と結婚したいっていうような。志緒理さんが噴き出した。だからうろたえているんじゃないの、とご主人の肘を突つく。

「志緒理さん」

そうじゃなくて。指差して抗議しようとした展子の隣で、

「へえ」

と宮古正晴が語尾を伸ばした。

「……そう、だっ、たのか」

スッスッハーというマラソンの呼吸法みたいに小声でつづける。そうなのよう、と志緒理さんがあーら奥さんの手真似をする。

「展子ちゃんて、わりとうろたえやすいの」

「いえ、そうじゃなくて」

宮古正晴が胸もとで手を振った。うつむいている。

「そうじゃなくて」

展子も下を向いて、首を横に振った。視線を滑らせたら、宮古正晴と目が合った。そうじゃなくて、と口のなかでまたいう。息をついてから、独立、おめでとうござい

ます、と頭を下げた。ひたいが宮古正晴の肩に触れそうになる。ありがとうございますと宮古正晴が椅子に腰かけ直して礼をいうので、毛糸の匂いがふいに立つ。かれは薄茶色のジップアップニットを着ていた。その下は白いシャツだった。藤色の細いストライプが入っている。

「で、もう、店舗なんかの準備は?」

ご主人が宮古正晴にワインを注ぎながら訊ねる。

「大体」

内装なんかはまだですが。

そういえば、と展子は気づいた。千歳《ちとせ》空港で待ち合わせして、ここにくるまで、宮古正晴と会話らしい会話はしていなかった。目に映ったものをどちらかが口にしては、どちらかがうなずくというようなことを繰り返していた。というより、考えてみたら、宮古正晴とまとまった会話をしたのはリコに関してだけだった。

宮古正晴とご主人が「開業」というお題で話を弾ませていた。設備投資とか借入金とか資格とか許可の話だ。

志緒理さんも質問していた。朝は何時から働くの？　と訊かれ、宮古正晴は午前二時半くらいですかね、と答えていた。朝いちばん早いのはやっぱりパン屋さんなのかしら、と志緒理さんがへんな感心の仕方をした。

展子は黙って白ワインを呑んでいた。

居間の壁をながめている。白色のざらざらした壁にはカレンダーがかかっていた。残り一枚となった今年のぶんの下に、来年のぶんがかかっている。予定が書き込めるタイプのもので、二十四日の升目には「展子ちゃん」と書いてあった。升目からはみ出して、「写真」と走り書きされている。

「写真？」

「あ、写真」

展子の呟きと視線に気づき、志緒理さんが席を立った。飾り棚の上に載せてあったアルバムを抱えて戻ってくる。

「集合写真」

去年、大樹の、と補足する。

「あなたたちが新座くんだりまで捜しにきた先生が写っているわよう」

とのこと。卓の上に広げ、ページをめくる。

「このひと」

志緒理さんが指差したのは五十歳くらいの女性だった。縦も横も幅があって、着込んだスーツがからだよりも小さく見える。ふくぶくしい笑みを顔にのせており、とてもよいひとそうだが、リコではない。

「そうか」

こうきたか、と宮古正晴が大笑した。

「ある程度の予感はあったんだけど」

展子も喉をそらせて笑った。底が抜けたような笑いようになった。切れ切れの声で、このひと、と写真を手に取った。

「柴田倫子先生、だって」

集合写真の下の余白に記された文字を指でなぞって、また笑った。酔っている。まぶたが厚ぼったい。早くコンタクトレンズを外したいと思った。

「ほとんど合ってるんだけどね」

宮古正晴が展子の食卓椅子の背に肘を乗せる。

「物入りのときに散財させて、申し訳なかったですね」

背もたれにからだをあずけて展子がいった。

「いえいえ」

テンコちゃんとここまでこられただけで光栄です。

「ほんとに？」

肩のあたりをおっつけた。

「ほんとに」

と宮古正晴が愉しそうに答える。

「ひとちがいだった？」

志緒理さんだけが恐縮していた。


用意されていたのは、二階のひと部屋だった。長男が大学進学を機に家を出たということで、その部屋が空いていた。入浴と同時に着替えも済ませて、展子は二階に上がっていった。ふた組、のべられたふとんを見て、とりあえずほっとする。

二階には、ほかに次男三男四男の部屋があった。次男は外泊するようだったが、三男は帰ってきていた。もちろん四男もいる。十七歳と十四歳。おそらくこの部屋の物音に聞き耳を立てているだろう。それが宮古正晴とひとつ部屋で眠ることにした理由でもあった。よそさまのお宅のふとんをよごすようなこともするまいと考えた。

宮古正晴は、長男の本棚をながめていた。白い丸首Tシャツを着て、スウェットパンツをはいている。展子が部屋に入っていったときに目にしたのは、かれの後ろ姿だった。肩甲骨がくっきりと浮き出ていた。背なかの真んなかにある一直線のくぼみもTシャツの生地越しだったが、よく分かった。

振り向きざま、宮古正晴はそう訊いた。

「髪、乾かした?」

「めがね」

と展子を指差したのはそのあとだ。

「濡れたままだと風邪をひくよ」

本棚から離れて、ふとんに入った。いい慣れているな、というのが展子の感想だ。きっとリコにそういっていたのだろう。

そう広くない部屋だったので、ふとんは、本棚や壁や机にもたれかかるようにして、ようやっとのべられている、という具合だった。机上から下ろされたとおぼしきデスクライトが、枕もとに置いてあった。それを点けて、展子は部屋の明かりを落とした。

「おやすみなさい」

うんと小さな声でいって、ふとんに入る。めがねを外して、デスクライトのそばに置いた。うつぶせで携帯を弄《いじ》りながら、

「明日、何時に起きる?」

と訊く。

「何時でも」

と返事がくる。

「七時くらい?」

「そのくらい」

デスクライトを消したら、真っ暗になった。

「……焼き肉でもたべに行く?」

宮古正晴が思い出した、というように訊いてきた。

「明日?」

「明日」

近所に旨い店があるんだって。寝返りを打つ音が聞こえる。声が近づいたので、こちらにからだを向けたと知った。

「焼き肉、久しぶり」

「レバ刺しがおすすめらしいよ」

「レバ刺し」

わりと好き、と展子がいった。焼くより、なまのほうがたべやすいし、とつづける。

「そう?」

「食感の問題」

もさもさした感じがいやなんだ? という宮古正晴の声のほうに、展子もからだを向けた。ぬるまった枕カバーに頬をあてる。

「もさもさした感じがいやなの」

といったら、奥のほうが痺《しび》れた。からだが内側から膨らんでくる感じがする。

「そっちに行っていい?」

と訊いた。案外、きっぱりとした口調になった。答えを待たずに宮古正晴のふとんに滑り込む。なにしろ真っ暗だったので、目が慣れるまでは口づけも手探りだった。

宮古正晴の匂いがする。石鹼《せっけん》でもシャンプーでも毛糸でもない、かれの、皮膚の匂いだった。友情、という言葉をまた胸に浮かべる。ずっと変わらない友情。それが愛情とどう違うのか、展子には分からない。伸びかけた、かれのひげがざらざらと触れ

る。チャラにすることができるだろうか。十二月二十四日、ではなく、夜半を過ぎた
から十二月二十五日。

10　黒い箱のなか

行為を終えて、少しのあいだは宮古正晴の腕に頭を乗せていた。わずかに汗のたまった肘の裏側だった。力こぶのできるあたりに頰や鼻先をつけたりしていたのだが、くしゃみが出たので服を着ることにした。

宮古正晴はTシャツにスウェットで、展子も似たようなものだった。ふたりとも、まったくの日常着に見えた。パジャマ代わりに適当に持ってきました、というふうな出で立ちだ。少なくとも、宮古正晴はそんなようすだった。お腹が冷えるのはいけないといって、Tシャツの裾をスウェットに入れ、パチンとゴムを鳴らせてみせた。

展子の「日常着」は、考えに考えたスタイルだった。わざわざスーパーに出向き、ジャージーのチュニックを買ってきたのは旅立つ前日である。

チラシ掲載品で一九八〇円。色は、かき氷にかけるシロップに喩《たと》えたら、レモンとブルーハワイとイチゴの三種類だった。いずれも舌にべったりと残りそうな色合いである。展子がイチゴを選んだのは、いくらかましだと思ったからだ。灰色のスパッツを合わせて、普段着です、という顔をしていた。展子が実際に夜寝るときに着ているのは絹のパジャマだ。

思い出し笑いがふいにこぼれた。なにか敷くもの、を用意するために一時中断したのだった。よそのお宅のシーツにあとを付けるなど、お釣りがくるほど以《もっ》ての外《ほか》だ。

足もとに置いてあったトートバッグのところまで、わずかの距離だが腰をかがめて歩いて行った。膝をついて、バッグのなかを片手でまさぐった。もう一方の手でなんとなく胸を押さえていたのは、素裸だったからである。右の足首にショーツが引っかかっていたきりだった。宮古正晴の大きな手で、水蜜の皮でも剝くようにつるりと下ろされ、息をついたら、我に返ったというわけだった。

あのときの自分のすがたを頭のなかで再現すると、滑稽でならない。ゆるんだ口もとをおさえたら、新たな思い出し笑いがやってきた。

手遅れだと思うよ。部屋のすみに行こうとした展子の手首を無造作に摑み、宮古正晴がささやいたのだ。柔らかに振りほどいて、トートバッグを搔き回していたら、今度は、おーい、テンコちゃんと、ひそひそ声で呼びかけてきたのだった。これなんかどう？

見向くと、かれは、両手に持ったなにかを振っていた。膝歩きで戻ってみたら、イチゴのチュニックとTシャツだった。ふたりで検討協議のすえ、クリスマスカラーという理由で、イチゴのほうを敷くことにした。横たわって、八合目まで登った山を登り直す。だが、八合目に至った所要時間は中断前より短くて済んだ。イチゴの上で重なり合った時間のほうが長かった。

いま、たぶん、午前二時か三時かそのあいだ。展子は宮古正晴と同じふとんのなかにいる。ふた組のべられていたふとんのうちの、無人のほうに目をやった。展子がはぐった掛けふとんがそのままのかたちをしていた。明かりはないし、眼鏡もコンタクトレンズも外しているが、それくらいなら分かる。

天井を見ている。ただただ黒くてうすぼんやりとした平面。目を開けても閉じても同じだと考えた。でも、開けていたかった。黒い箱のなかにいる。そう思えてならなかったのは、タイム屋文庫でみた夢の影響だ。真っ白い部屋のなかでだれかと（あるいは、これから始まりそうななにかと）見つめ合っている夢がほんとうに展子の将来だとしたら、それは、いまこのとき、ではない。このひと、でもないかもしれない。

「……ケーキみたいなパン、美味しかった」

そんな言葉が展子の口をついて出た。宮古正晴が手土産として持参したシュトーレン。お風呂に入る前、台所を通りかかったとき、志緒理さんに声をかけられ、薄くスライスしたのをふたりで分けてたべた。

パウンドケーキに似ているが、あれよりもっと目が詰まった生地はホロホロとくずれそうだ。なのに、なかなかくずれない。しっとりとした感触もあった。バターを大量に使っているのだろう。洋酒と、各種スパイスが高く香る。ミカンの皮の砂糖で煮たのや、レーズンがどっさり入っている。クルミとアーモンドも満遍なく練り込まれていて、深く、濃い味わいだった。すごく甘いが、それだけではない。

「ありがとう」

今日、明日がたべごろなんだ、と宮古正晴がいった。二週間ほど前に作ったらしい。時間が経つほど味がなじんで美味しくなるそうだ。

「……賞味期限は？」

「四週間、としている」

「冷凍しとけば、もっと保つ？」

保つんじゃない？　という答えを聞いて、展子は歯嚙みしたくなった。まるで、ひょんなきっかけで知り合ったパン屋さんと話しているようだと思ったからだ。やはり、このひとではないのだ。つづけて思い、黒いままの部屋に目をこらした。夢は当たるとはかぎらない、といったはとりみちこの声が胸を過《よ》ぎる。そうだ、当たらないかもしれないんだ、と思おうとしていることに気づく。

「……プレゼントしましょうか」

パン屋さんが申し出た。

「店のはもう売り切れたから、来年でも」

「来年」

復唱した展子の声が掠《かす》れた。いつもなら、裸眼のままでいると音がよく聞こえない感じがするのに、今夜は明瞭に聞こえた。宮古正晴の声の輪郭まで見えるようだ。宮古正晴が、来年三月にひらくという、かれの店について話し始める。

「……貸店舗なんだけどね」

うん、最初は貸店舗でいいと思うんだ。ぼくは金持ちじゃないし、それにあんまりたくさん借金するのは正直いって少し怖い。

いや、と間を置き、「少し」じゃないな、と身動きした。両腕をふとんから出して、頭の下で組む。おそらくすぐにまたふとんのなかに戻す腕だ。火の気のない部屋にいる。十二月も末に近づけば、札幌じゃなくても肌寒い。

動きはやや忙しいが、宮古正晴の口調は案外落ち着いていた。打ち明けるというよりは、胸のうちにあるものをなるべく隠さずに述べているというようだ。その上、「正確」を旨としているらしい。だから、少々回りくどくなっている。

「怖いといえば、きっと、なにもかもなんだけど」

独立しても廃業するひとは少なくないしね。

ぼくが成功するとはかぎらない。うん、成功するとはかぎらないんだ、と繰り返してから、どの程度を成功と呼ぶかにもよるんだけど、と付け足した。

依然として、静かで、黒い部屋だった。展子の相槌は呼吸する音だ。息づかいの長短で、話の先をゆるやかに促している。

宮古正晴の声や口調には聞き覚えがあった。初めて耳にしたときの感触に似ている。あのときも、かすかなとまどいとちっぽけな勇気が伝わってきた。

じかに会って話すよりも、電話越しのほうがリラックスできる場合がある。それと同じように立って話すよりも、横になったほうが思っていることをいいやすい。明かりを落とした部屋のなかならなおさらで、重なり合ったすぐあとなら慕わしさが加味されるから、しまっておいた心情がホロホロとこぼれ落ちそうになる。そう、ホロホロと、だ。

「……でも、失敗するともかぎらない」

宮古正晴が語尾にざらめみたいな笑いをまぶしていった。展子は枕を立てて頭を乗せ直した。うなじにひんやりとした生地があたって心地よい。長い髪は広げていた。シトラスの香りがする。志緒理さんの家のコンディショナーの匂いだ。

「要するに、分からないってことなんだけど」

宮古正晴は、思いのほか軽やかに断言した。電卓でオールクリアのボタンを押して、足したり引いたりしていた数字をゼロにする気配があった。結論は、と念を押す。なんというか、要は、と声をちょっと強めた。

「うまいパンを作ればいいだけなんだ」

原価とか、まあ、いろいろあるから、最高級の材料は揃えられないかもしれないけど、できるだけいいものを使いたい。種類と、それぞれ焼く数とタイミングを考えて、できるだけ売れ残りを少なくする、ってこれ、親父と兄にいわれてるんだけどね。それが難しいのはぼくだって知ってる、と宮古正晴はふとんのなかで腕を組んだようだった。

展子が小声で訊ねる。

「……親父？」

「蕎麦屋」

「兄、は？」

「洋食屋」

ただし、兄とは血のつながりはない。宮古正晴がさらりといった。かれの両親はおたがい伴侶を亡くしての再婚同士だそうだ。両腕をふとんから出して説明を始める。ゆるく握った左右のこぶしで父と母を表した。宮古正晴は父の連れ子で、兄というのは継母の子らしい。兄といっても、と宮古正晴が右のこぶしを軽く揺する。

「一緒に暮らしたことはないんだ」

「……ああ」

そういうこと、というふうに展子がうなずきかけたら、といっても、いわゆる複雑な事情ってやつではなくて、と宮古正晴が顔を展子に向けた。兄は。

「ひと回り以上も年上だし、親父たちが結婚したときにはもう洋食屋を継いでいたし」

「お蕎麦屋さんの跡は？」

「ぼくがあいにく蕎麦アレルギーなもので」

宮古正晴は苦笑しながら答えた。左のこぶしを空中に押し付けてから、位置を少しずらす。

「……姉がいるけど、とっくに公務員のところへ嫁にいったしね」

ふっくらとした間をためて、こっちの兄は保健所勤めだから、営業許可なんかの届け出について教えてもらって助かった、とつづけた。左右のこぶしをひらいてから、両腕をどさりと下ろす。ふとんカバーを摑んで、呟いた。

「姉は昔から自営業をいやがっていたんだ」

小さく咳払いした。

「みんなが休むときに休めて、ボーナスを貰えるひとと結婚したいと中学生のころから」

母が亡くなってからずっと店の手伝いをやらされていたからね。気持ちは分かるよ。だれだって、とからだを反転させた。腕を伸ばし、畳まで広がっている展子の髪をひと房、つまむ。

「安定した職業がいいに決まってる」

つまんだ展子の髪のひと房を指に巻き付けた。

行動だけ切り取ってみたら、仲むつまじい恋人同士のようだった。なりたての恋人、と胸のうちで呟いて、展子は視線をさまよわせた。黒目が動いているのを感じる。

そんなことない、といいたくてならなかった。いわなかったのは、目に涙がたまったからだ。重なり合ったときもそうだった。目も濡れていた。行為のあとで袖を通したイチゴのチュニックは、まだ乾いていなかった。ところどころが冷たいままだ。ショーツも同様で、身動きするたび、水分を含んだクロッチに触れる。

ついさっきのことを思い出した。からだを離して、ふたりのあいだに隙間ができたら、さみしくなった。それは、まったきさみしさだった。

だが、満ち足りてもいた。さみしさ込みの満足のような気がして、展子の頭のすみに、片が付いた、という言葉が過ぎる。主語を付けたら、情動の、片は、付いた、となる。来年、三十歳。情動を情動と認めることくらい、できる。白い部屋の夢にこだわる歳ではない。それがたとえタイム屋文庫でみたものだとしても。

「安定した職業がいいに決まってる？」

宮古正晴の言を、語尾を上げて、繰り返した。確認なのか、自分への問いかけなのか、判然としなかった。口のなかで舌が所在なげにうねっている。上顎をかすめた、と思ったら、

「シュトーレン」

という言葉が出てきた。時間が経つほど、味がなじんで美味しくなる、ずっしりと重たいケーキみたいなパンだ。パンみたいなケーキでもある。薄くスライスしたのを志緒理さんと分けてたべた。

「リコにもたべさせたこと、ある？」

自分の口から発したとはいえ、この質問も展子には意外だった。意の外というよりも、たぶん、意に反している。

「ない」

宮古正晴は簡潔に答えた。

低い笑い声を短く発したあと、ここいらでひとつ、と息を吸った。

「リコのおかげできみに会えた、みたいなことをいったほうがいい？」

と訊いてくる。

「……いえ、結構」

おかまいなく。展子は小さく手を振ってみせた。じゃあ、と宮古正晴がひたいにひと差し指をあて、考え込むふうをする。

「初めてきみを見たとき、月光のようなひとだと思った、とかは？」

「そういうの、ほんと、いいから」

「きみの堅さはバゲットの皮のように香ばしい」

展子は宮古正晴の肩を押っつけた。押っつけられたのは肩なのに、宮古正晴は反対側に首を倒してみせた。からだを半回転させて、展子のほうを向いた。枕に肘をつき、頭をささえる。

「あんたが好きなんだよ」

兄直伝の殺し文句だという。

「洋食屋の？」

と確認したら、浅くうなずく。オリジナルがよければ、と指先で展子の耳たぶにちょっと触れた。

「テンコちゃん待ちってことで」

テンコちゃんが決めたらいい。


飛行機の時間は夕方の六時だった。羽田まで志緒理さんが車で送ってくれることになった。三時に家を出ようと志緒理さんはいった。だから、昨晩、宮古正晴と相談していた「レバ刺しが旨い」と噂の焼き肉屋には行けなくなった。

「なんでも美味しいけど、わけてもレバ刺しが絶品なのよ」

レバ刺しだけが美味しいんじゃないんだから。志緒理さんが身内をかばうように細かい訂正を入れるのを、宮古正晴とふたりで聞いている。

「あー、もー、残念」

「仕方ないです」

「仕方ないです」

展子と宮古正晴の声が合わさった。

「飛行機の時間と」

「この声も合わさった。その焼き肉屋の開店時間が離陸予定時間とほぼ同じだから、どのみち行けないことには変わりない。

「なにしにきたか分かんないわねー」

志緒理さんが食卓に頬杖をついて大げさに嘆息する。展子と宮古正晴は視線を合わせた。すぐに外して、釜揚げうどんをすする。正午。昼食だったが、寝坊したので朝食を兼ねていた。

朝七時に携帯のアラームは正しく鳴った。階下から、息子さんたちが「いってきます」と家を出ていく音がかすかに聞こえてきた。

しかし、部屋のなかは真っ暗だった。アラームを止めた感触は手が覚えていたのだが、はっきりとした夢をみたような気がした。浅い眠りだったからなのかもしれないが、からだで知っていたはずの「夜の長さ」が不確実になっていた。まどろむ、という状況を目で見ている感覚に陥った。夜なのか朝なのか不明の部屋は、暗いところにぽっかりと浮かんで、漂っているようだ。

　大きな手で顎を持ち上げられ、口づけを受けたら、また始まった。二度目のほうがよかった。ゆらいで、ひとつところに留まらないような具合が引き延ばされた。まじわりのあとは、ぐっすりと眠った。目が覚めたら、依然として真っ暗闇だった。ほんとうに夜だった昨晩よりも暗いと思える。手探りで携帯を取り、時刻をたしかめたら、十一時を過ぎていた。

　ここでようやく部屋が真っ暗なわけが分かった。雨戸のせいだ。雨戸を閉《た》てた部屋で展子は寝たことがなかった。

　急いで眼鏡をかけ、職場に連絡を入れた。通話音を聞きながら、ごほごほ、と咳を練習してみた。

　匂坂です（ごほごほ）。ご連絡が遅れて申し訳ありません。風邪をひいたようで、熱が出まして。ええ、病院に行ってきたところです（ごほごほごほ）。いえ、インフルエンザではなさそうです。仕事納めの前日に申し訳ありませんが（洟をすする）、本日、お休みをいただけないでしょうか。

大体このようなことを生気のない声で上司に述べた。胸のうちで用意していた欠勤の理由だった。仮病を使って会社を休むのは初めてである。なのに、我ながらとても上手にやってのけた。いくらでも嘘をつけそうな気がして、鼓動が速くなったのは上司との通話を切ったあとだった。突如、背後で拍手が起こった。女優？　と宮古正晴が大々的に笑っている。普通、と展子は即答し、デスクライトを点けた。公私の区別が新たについたような感じがする。つけよう、つけようと思ってつけた区別ではなく、「私」が女らしい丸みをともない太ってきて、「公」と離れていくような分かれ方だ。でも、きっと、これ以上は太らないだろう。わたしの「私」なんて知れたもの、と展子は紙切れみたいな息を吐いた。脂肪をたっぷり蓄えて、白い肉をたぷたぷ揺らし、「公」をのみこむほど肥大するのは考えられない。だから、「普通」だ。

イチゴのチュニックの袖から腕を抜き、ポンチョを着ているような恰好になってから、ブラジャーを着けた。イチゴを脱いで、キャミソールを手早く身に着ける。それから黒いタートルを着込み、グレンチェックのスカートをはき、スパッツを脱いだ。黒いタイツをいったん、くるくると踵《かかと》まで丸めてから、つま先を入れる。ふくらはぎのなかほどまで上げたら、もう一方の足も同様にした。肩幅に足をひらいて、タイツを一気に引き上げる。一瞬めくれたスカートがパフリともとに戻ったら裾のあたりを手で払い、部屋の入口まで歩いて行って、照明のスイッチを入れた。ゴムで髪をひとつに括り、脱いだ服を畳み始めたら、ＯＬの底力を見たような気がする、と宮古正晴がまた笑った。テキパキという音が聞こえそうだ、ともいった。

帰る前に、志緒理さんの案内で近所を散歩した。

雪のない十二月はやはり不思議だった。景色が白くないのだった。ばかりか、緑色が目につく。鉢植えを外に出している家もあったし、庭にソテツの大木を植えている家もあった。

細い道がてのひらの皺のように伸びていて、なにやら入り組んでいる。起伏の多い界隈だった。

展子は自分がミクロサイズになって、だれかのてのひらの上を歩いているような気がした。この意見を発表したら、宮古正晴も志緒理さんも賛同してくれた。やや幅の広い道路に出て、

「となると、ここが感情線とか運命線とか名のある皺だわね」

と志緒理さんがいった。

「あそこ」

四角い建物を指で指し示す。

「噂の焼き肉屋さん」

せっかくだからと店の前まで行ってみた。

ガラス越しに従業員が昼食を摂《と》っているようすが見える。男女だった。女性のほうは背なかだったので表情は窺えないが、男性の丸顔がほころんでいるところから察するに笑顔だろうと推察される。

男性がなにか冗談をいったらしく、女性が身をよじって笑った。髪の短い、痩せ型の女性だった。首が細くて白かった。

ひとしきり笑ってから体勢を立て直した。持っていた箸を振り回して、8の字を横に描いている。冗談のお返しをしたらしく、今度は男性がお腹を抱えて笑い出した。

その男性が展子たち一行に気づいたようだ。すみません、開店前なんですよ、というように会釈する。いいえ、こちらこそ、というふうに一行も会釈した。立ち去ろうとしたとき、展子の視界に髪の短い女性が振り向こうとするすがたが入ってきた。

いま見たシーンは思い出になるな、と展子は思った。

ここで過ごした一泊二日のなにもかもを、いま見たシーンできっと思い出せるだろう。それはもう、すみずみまで。映像や言葉として残っていない記憶もみんな。

アパートに帰ったのは、十一時。宮古正晴と食事をしたので遅くなった。暖房を入れ、手を洗った。コートを着たまま、トートバッグから洗濯物を取り出した。きちんと畳んだイチゴのチュニックには、行為の始末をしたティッシュを挟み込んでいる。ごみ箱に落としたら、飛行機が千歳空港に着陸したときの振動が再現された。

リコと会えたら、なにもかも、いったんチャラになると思っていた。今度こそ、体温計をぶるんと振ったときみたいに、いったんチャラになると思っていた。

正確にいうと、展子が会うのはリコではない。

芝田倫子という見知らぬ女だ。

芝田倫子に会ったとき、リコという女の子が、ほんとうにいなくなるはずだった。チャラの前に「いったん」が付くのは、たとえいなくなったとしても、リコは、リコとして、知り合ったひとたちの胸にいつまでも残るからだ。

それがたとえ、まぼろしのようなものだったとしても、リコが単なる芝田倫子の分身のひとつだったとしても、リコはリコとして、展子の前に、たしかに、いたのだ。

「今日の夜の上に、明日の朝があるんだよね」

リコの声が聞こえてくる。リコの時間は足し算で流れていた。今日の朝の上に昼が乗り夜が乗る。今日の夜の上に明日の朝が乗り、昼が乗る。

積んでいった時間は、しかし、リコがいうように、「体温計を振ったときみたい」にゼロには決して戻せない。「チャラ」はつねに「いったん」だ。

むしろ、チャラにすることで、リコは終わらない時間をわたしたちにくれた、と、こう考えるのはどうだろう。

一泊二日で宮古正晴との時間が積もった。チャラにはできないし、する気もない。要するに、分からないってことなんだけど。宮古正晴の言葉を口のなかで復唱する。成功するとはかぎらないが、失敗するともかぎらない。

翌日、喫茶「喫茶去」に全員が集合した。

「やっぱ八時ってことで、どうすか」

ヤマちゃんから招集メールが「Cc」できたのは、展子と宮古正晴が新座行きを決めた会合の三日後だった。その際、そら豆さんが皆のメールアドレスと連絡先を取りまとめたのだった。

「ハイネケン、冷やしてますんで」

ヤマちゃんに声をかけられ、展子は微笑した。

「スポンサーはこちら」

ヤマちゃんが指を揃えて差し出した手は根上茂に向かっている。

「ただいまご紹介にあずかりました根上です」

なんてな、と上機嫌の根上茂の隣には江口由里が腰かけていた。

「太っ腹なご主人ですこと」

急ごしらえの席で足を組むそら豆さんにどんぐり頭を揺すって話しかける。

「気前がいいだけが取り柄で」

そら豆さんもテンポよく応じていた。

「オードブルも用意してますの」

宅の主人が、と付け加える。今夜はパーティだと申しまして。

「報告会兼、忘年会兼、祭り、みたいな?」

根上茂が、いいってことよ、というふうに、宮古正晴を制した。宮古正晴は、いや、だからですね、といっていた。とはいえ、そんなに困っているふうには見えなかった。むしろ愉快がっているようだ。かれの隣に腰を下ろして、展子は、知りませんよ、と小さく独白した。宮古正晴の笑った目と行き会って、ちょっと眉をしかめてみせた。

「アイコンタクトかよ！」

根上茂が足をばたつかせた。

「皆さん、いまのがアイコンタクトというものなんですね」

全員を見回して声を張る。喫茶「喫茶去」にはほかに客はいなかった。大方の会社が仕事納めのきょうは、午後六時を以て、年内の営業を終えたらしい。二時間の空き時間にざっと大掃除をしたり、注連縄《しめなわ》を飾ったり、デパートまでオードブルを買いに行ったりしていたようだ。

「まさにアイのコンタクトっすね」

「うまいねえ、ヤマちゃん」

カウンターの内側にいるヤマちゃんに拍手を送ってから、根上茂が展子と宮古正晴を順繰りと見ていく。

「で？」

「……そんなことだろうと思ったよ」

そら豆さんが店の奥からオードブルを運んできた。

「たしかに根拠のない話っすからね」

ヤマちゃんもハイネケンの栓を抜きながら呼応する。

「でも、もしかたら、みたいな？」

とつづけた。

「ひょっとしたら的な？」

根上茂が襟足を掻いていう。

「期待はしてたわね」

万が一というか、そういうこともあるかもしれない、というようなね。江口由里が紙皿に中華風オードブルを取り分けていった。

「普通に別人だった、と」

テンコちゃんの「隣のお姉さん」のご令息の先生とリコとは当然のように別人だったと。そら豆さんが豆粒みたいな目で展子を睨む。

「そりゃまあ、こっちが勝手に期待して盛り上がっただけだけどさ」

「これ以上不貞腐ることができない、というほどの膨れっ面でそら豆さんが展子に抗議する。

「テンコちゃんがすんごい自信たっぷりだったから」

　もうなんか完全に霊感が降りてきた感じで、瞳孔ひらいちゃってさ。そら豆さんが目を見ひらいてみせた。親指とひと差し指で上下のまぶたを押し広げていたから、充血した白目まで覗いた。

「だから、どうしたって、リコはそこにいることになるわけよ」

　展子の真似をして、ぱちんと手を打つ。なーにいってんだか、と鼻を鳴らした。

「まんまと一杯食わされたよ」

　大したもんだよ、テンコちゃん。ちょっとしたマインドコントロールだよ。

「……期待させたのはわるかったけど」

　そこまでいわれる筋合いはないと思う。展子はなるべく冷静にいった。それに、あなた、もともとは部外者でしょう？　こう付け足そうとしたのだが、宮古正晴にそっと手を重ねられて、口をつぐんだ。

「ぼくたちだって、がっかりしたんだ」

　もしかしたら、を期待していたからね。展子に重ねた手を離して、宮古正晴がそら豆さんにゆっくりと話しかけた。目も合わせようとしたのだが、そら豆さんの視線は展子にそそがれていたので叶わなかった。そうして、展子は展子で宮古正晴に重ねられた手の甲をじっと見ていた。男のひとに、こんなふうに窘《たしな》められたのは初めてだった。

「あんたら、そこ、に行って、できてきただけなんじゃないの？」

顎をしゃくって放言するそら豆さんの手に、根上茂が手を重ねた。静かにかぶりを振り、おまえ、と低い声を出す。

「今回、そういう展開になることも、おれたち、けっこう期待してたんだし」

根上茂につづいて江口由里が、

「ひとまずは、カップル誕生をことほぎましょうよ」

と、そら豆さんに紙皿を渡した。そら豆さんがサンキューと口のなかで礼をいう。紙皿を膝に置き、割り箸を割った。クラゲの和え物をちょっぴり口に運んで、咀嚼し始める。丁寧に嚙み砕いてから、のみこんだ。

「テンコちゃんみたいなやつが、あたしはいちばん嫌いなんだ」

あんたみたいなやつを、あたしはようく知ってるんだ、と声を詰まらせる。

「……まじ、泣いてるんすか？」

ヤマちゃんが、おそらくワックスをなすりつけ、コテを駆使して盛った髪に指を入れた。そら豆さんが幼女のように両手を目にあてがい泣き始めた十二月二十六日。

11　約束

そら豆さんが落ち着くまでには少々の時間を要した。居合わせた者としては見守るほかなかった。大の大人が泣いているのだ。うつむいて、肩をすぼめ、両手を顔に持っていって嗚咽《おえつ》するといった一般的な泣きようだったが、そんなふうにしているひとを間近で見るのは久しぶりだ。

かのじょの厚みのある丸い肩や肉付きのよい二の腕は、アンゴラ混の白いニットを通してつねより露《あらわ》になっていた。皮膚にややめり込んだブラジャーのラインも浮き上がっていて、生身のからだが迫ってくる。とうに成人した肉体だ。その癖、なにか濡れ衣を着せられた子供が抗議をするような風情もあるのだった。たまに激しくしゃくり上げては、戻しそうになる。目にあてがった手の甲の濡れ具合がしとどである。

そら豆さん自身、困惑しているようだった。まさか泣くとは思っていなかったのだろう。そら豆さんの困り方は、さらに泣く、というかたちで表現された。いつ、どんなふうにして涙を切り上げていいのかも分からないと見える。泣き出した理由だって分からなくなっているのではないか。だから展子をはじめ周囲の者はほんのちょっと唖然《あぜん》としたふうをして、泣きじゃくる大人をながめている。

その間、ハイネケンのなんて不味《まず》かったこと。ひとつではないビールの味のうち、苦味だけを抽出したようなものである。そんな感じがすると展子は思ったが、実のところ、はっきりしない味だった。その味を、苦いという言葉にあてはめるのは乱暴だと考え始める。甘くもなく、辛くもなく、酸っぱくないからといって苦いとはかぎらない。

その間、ハイネケンのなんて不味かったこと。ついさっき胸に浮かべたこの言葉だって安易だった。苦さと旨さは別物だから、酒が不味くなるというい回しを使うのは誠実ではない。ハイネケンにたいしても、味にたいしても、そら豆さんにたいしても。もちろん展子自身にたいしてもだ。そもそも、「いま、目の前で起こっている出来事」なのに、のちに、だれかに話して聞かせるようにして述懐するのも不誠実だと思い当たる。これもまた、そら豆さんや展子自身にたいしてだった。いや、違う。ぜんぜん違う、と展子は舌先を上顎に押し付けて、かすかな後味をたしかめた。この場にたいする心持ちがまことでありたい。居合わせた者として。なぜなら、と唇がわずかに動いたところで、

「……まあ、なんだ」

根上茂が口をひらいた。窓台に肘を乗せている。

「感極まったんだな」

「極まったみたいね」

江口由里が膝に置いた手を動かしている。あやとりをしているみたいだ。そら豆さんの背なかを撫でてやりたいのだろう。そういう慰めを自分がしていいのかどうかと迷う気持ちが見て取れた。充分に成育した女のからだに触れて慰められるのは、恋人か、夫か、我が子と相場は決まっている。江口由里は、卓上のナプキン立てから一枚抜いて、そら豆さんの手の甲に押し付けるに留まった。

「極まりそうになることってけっこうありますよね」

でも、つい持ちこたえて、なんでもありませんみたいな顔しちゃうんすよ。ヤマちゃんはダスターをいやに丁寧に畳んでいた。

「アレ、なんすかね？」

とひとりごとをいう。

「極まったっていいのにね」

宮古正晴が答えた。ソファに深く腰かけ直して、

「たしかに、周りにいるひとたちは、ちょっとこう、どうしていいのか分からなくなるけど」

とつづける。展子に視線を送った。

「『いちばん嫌い』なんていわれたあとに極まられたら、ねえ？」

頬をゆるめてうなずきかけた。

「うすうすは感じてたけど」

展子もうっすらと笑った。気がついたら、そんな表情をしていた。

「和解したような気分でいたから、少し油断していたかも」

とはいうものの、そら豆さんときちんと喧嘩をしたことはない。売られたことは何度もあったが、買った覚えはなかった。

「雪解けっぽいムードだったんすけどね」

テンコちゃん憎しの勢いは確実におさまってきてたみたいで。ヤマちゃんが考え込むポーズをする。腕を組み、首をひねり、膝下を交叉しているようだ。

「むしろここにきて俄然テンコちゃんガンバレ的な方向になってたのに」

どっちにしたってワケ分かんないっちゃ分かんないすけど。ヤマちゃんは唇をわずかに歪めて皮肉っぽい微笑を作った。そら豆さんの持つちょっと偏屈な性質をカジュアルに指摘した恰好になる。若干エキセントリック？　江口由里がヤマちゃんに案外晴れやかな声を放った。湿って重たくなった空気をいつもの調子に戻そうとしているようだ。まーなんとゆーか、見かけによらず？　ヤマちゃんも江口由里のアイディアに協力しようとしたのだが、くすりとも笑いが起こらない。ヤマちゃんの言に乗っかって、冗談をかぶせていくのは時期尚早とのムードがさっと流れる。

「……ていうかさ」

根上茂が身を乗り出した。倒し気味にした上半身を皆に向かってひらく。

「虫の好かないやつは、だれにだっているんじゃないの？」

こいつだけじゃなくてさ。こいつがテンコちゃんを気に入らなくて、それが態度に出たとしても、だ。そりゃ客商売なんだからあるまじき行為だよ？　実際、注意するっつーの？　家でこいつが「あいつ、どうなの？」と文句をいってた、いけすかない客がテンコちゃんだと判明したとき、おれはちゃあんといってやったよ。おまえのイラッとする気持ちは分かるけど、そういう気持ちにさせるのがテンコちゃんのひとととなりなんだから、ここはひとつおれの顔にめんじて我慢してくれないかってね。

根上茂は鼻の下を擦ったり、顎に手を当てたりしながら話した。やや怒らせた肩を互い違いに揺すっているから、歩いているようだった。恰好をつけたいときの歩き方だ。スポットライトの、ばん、と当たった役者が「すごくいい科白」をいうときのように、誇らかな顔つきをしている。

対面に座った宮古正晴の口もとがゆるんだ。うつむいて、イラッとさせるひととなりって、と傍らにいる展子にだけ聞こえる声で呟く。そんなひととなりはかなりいやかも。小声で宮古正晴に応じたら、斜め向かいの席にいる江口由里と目が合った。笑いそうになったので、目を外す。

ヤマちゃんはダスターを畳み直していた。その作業に夢中である、というふりをしている。展子たちのいるほうを見ようとしなかった。だれかひとりとでも視線が合ったら、笑ってしまうと思っているのだろう。それはそれで時期尚早というのが、展子だけでなく、皆の総意のようだった。ただし、根上夫妻以外の、と注釈がつく。夫妻の夫のほうの話がつづく。かれは妻を愛しているようだ。

「だけども、たとえ我慢できなくても、しょうがないとおれだけは思ってやりたいね。それにだ」

それに。根上茂が静粛に、というふうに両手のひらで壁を押すような身振りをした。

「結局こいつはテンコちゃんに歩み寄ろうとしたじゃないか」

いいか？　根上茂は間を置いた。細い目をいっそう細めてみせる。髪を垂らして下を向き、ナプキンを握りしめているそら豆さんを顎でしゃくって、

「大人の対応をしたのはこいつのほうなんだ。テンコちゃんじゃない」

と断言した。そこがたいへん大事な点だとしているようだ。

「でも、テンコちゃんはやることなすこと、こいつの思い通りにならなかったってワケなんだな」

それが無性に残念だったと。なんならばかにされたみたいな感じだと。歩み寄ったばかりでなく応援までした自分が悔しくて、情けなくて、ちょっぴりいとおしくて、とまあ、あれだ、大体こんなとこなんじゃないの？

うん、とうなずく根上茂に江口由里が、

「そんな理由？」

と訊ねた。そのくらいの理由なら自分にも想像がつくといいたげだ。

「……なんとなく違うよ」

答えたのはそら豆さんだった。まだ鼻声だ。うつむいたままだから、こもって聞こえる。

「ほんというと、あんたのせいじゃないんだ」

展子のほうに頭を振って、そら豆さんが話し始める。


小学校一年生のときに、長期の入院をしていたそうだ。

病名はネフローゼ症候群。腎臓の病気だ。濾過《ろか》機能が正しく働かないので、多量のタンパクが小水として排出される。血液中のタンパクが少なくなって、浮腫《むくみ》が出るのが特徴である。

ネフローゼといっても、そら豆さんは子供であったので、「特発性」だったらしい。腎臓そのものはほぼ正常だったとのこと。退院後も再発を繰り返したが、現在、特に問題はないようだ。

辛かったのが、食事と運動の制限だった。塩気のない食事と、入浴もままならない絶対的な安静。薬のおかげでだるさは取れたし浮腫も引いたが、薬のせいで満月みたいに顔が真ん丸くなった。

「その丸さがほっぺたに定着したわけだ」

根上茂が雑ぜ返した。病気の話は何度も聞いていると見える。

「もともとだよ」

そら豆さんが素早くいい返した。反射的のふうだった。夫婦のあいだでは定番のやりとりなのだと推測される。そら豆さんの声はまだ弱々しかったが、平生の「どっしりとした太い感じ」が戻りつつあった。

三日に一度は入浴できるようになって、一日に一時間の運動を許可されたころ、そら豆さんに心の友ができたらしい。

なにぶん子供のことだから、安静をいい渡されてもじっとなんかしていられない。親や看護師の目を盗んで、しばしば病院内を探索したという。そら豆さんがもっとも好んだのが、外来の受付付近にある売店だった。

もっとも危険な場所でもあった。ひとが大勢集まるところは風邪などの感染症を貰いやすい。だからこそ、幼いそら豆さんにとっては、すごく行ってみたい場所だったともいえる。

「シャバの空気を吸いたいっていうのもあるしさ」

そら豆さんはフッと笑ってみせた。顔はまだ伏せたままだったが、目は上げた。まぶたが腫れていた。白目も充血している。照れくさそうにまた軽く笑った。根上茂を見ている。

　そら豆さんの記憶では秋だった。そんなに寒くはなかったが、売店に出向くさいには用心のためパジャマにカーディガンを羽織っていた。さらに手で口を覆っていたそうである。なるべく鼻から息をして（咳をしているひとが近づいてきたら息を止める）、風邪の予防に努めた。

　売店にはたべたいものがたくさん、たくさん、並んでいた。どれも美味しいものばかりだ。どのくらい美味しいのかを七歳のそら豆さんはおおよそ知っていた。むかしはしょっちゅうたべることができた懐かしのチョコレート。小さなマイクみたいなかたちの棒付き飴。ポテトチップス、醤油味の堅せんべい、肉まん。胸のうちで「！」を付けて、思う存分たべられる日がきたらなにからたべるかランクを付けていた。ついでに病気の子供に優しくしたい大人が突然現れて「おお、かわいそうに。そうだ、きみの好きなものをひとつだけ買ってあげよう」と気前のよいことをいうかもしれないと想像する。

「いいえ、わたしは先生がよいとおっさるものしかたべません」

　せっかくの申し出を断るのは、突然現れた気前のよい大人が、先生からの回し者かもしれないからだ。先生に告げ口されて、食事の量を減らされるとか粗末な病室に移されるなどの罰を受けたり、懲らしめのため入院が長引かされたりするのはなんとしても避けたかった。

ところが、その大人がわっはっはと大笑いして、「回し者は回し者でも」といい出し、「ほんとうにまじめに病気を治そうとする子供をさぐってくれという任務を先生にお願いされたひと」だと分かる。「ほんとうにまじめに病気を治そうとする子供」だと認定されたそら豆さんはご褒美として「好きなものをひと口だけ」たべられる栄誉に与《あず》かることになるのだった。


売店で働いていたのは中年女性だ。そら豆さんの知るかぎり二名いて、交代で店番をやっていた。入院中の子供が顔を見せるのはそんなにめずらしくないようだった。仕事のひまなときに「いいの？　抜け出して」とか「先生にいいつけちゃうぞ」と声をかけてくれるひとはいつも水色のエプロンを着けていた。

顔かたちは覚えていないが、洗剤のコマーシャルに出てきそうなタイプという印象だけは残っている。青空の下、野原で大量のシーツを干し終え満足げにひと息ついている女のひとという感じだ。

「どんな感じっすか?」

茶々を入れるヤマちゃんに江口由里が、

「さわやかな良妻賢母って感じじゃない?」

と答え、

「まあ、そんな感じ」

そら豆さんも同意した。

「それはともかく」

と話を推し進めようとする。「ともかく、っすか!」というヤマちゃんの発言に、にたりと笑ってみせた。ちょっと不敵なそら豆さん独特の笑み方である。

売店の、水色エプロンさんには子供がいた。女の子だ。そら豆さんと同じくらいの年齢だった。たまに売店にあそびにきていたから知っている。口もきいたことがあった。病院の近くに住んでいるそうである。

背は高くも低くもなくて、太ってても痩せてもいない。髪の毛は長くも短くもなく、駆けっこが速そうでも遅そうでもなかった。たぶん、可愛いほうでも不器量なほうでもなかっただろう。母の水色エプロンさん同様、印象だけが残っている。

贈答用のハードクッキーみたいな印象だった。箱のなかで整然と並んでいる。波打った白い紙で種類ごとに仕切られていて、なには何個とあらかじめ決められた数量が見端よくおさまっている堅焼きの洋風干菓子。

声をかけてきたのは女の子のほうだ。

「こうつうじこ?」

ぜんそく?　それとも、とうにょうびょう?　と訊いてきた。その前に、そら豆さんを指差して母になにか訊ねていた。お菓子コーナーでチョコレートをじっくり見ているあの子がパジャマすがたのわけを母から聞いたと思われる。女の子は入院という言葉と関わりのある幾人かを思い浮かべて、そのどれかにそら豆さんをあてはめようとしているみたいだった。

「ネフローゼ」

「え?」

女の子が耳を先にして近づいてくる。そら豆さんは、両手で口もとをしっかりと覆ったまま答えていた。

「ネフローゼ」

再度、いった。

「ふうん」

と答えたものの、女の子はよく聞こえなかったようだったし、聞こえたとしてもよく分かっていないようだった。

「どうして、こうしてるの？」

両手で口を覆ってみせて、話題を変えた。そら豆さんは指に隙間をちょっぴり作って、恐ろしげな声で答えた。

「こうしてないと死ぬかもしれないの」

「死ぬの？」

「かもしれないってこと」

女の子はすごく驚いたようすだった。鼻の穴をぴくぴくと動かしているのは、気分が昂《たか》まっているせいだろう。目の前のこの子は死ぬかもしれないのだ。そんな子供に会ったのは初めてだったに違いない。

「こういうのをたべても死ぬかもしれない」

そら豆さんはお菓子コーナーに置いてあった商品の数々を指差しながらいった。女の子をもっと驚かせたかったし、憧れと尊敬の入り混じったようなまなざしをもっと浴びたかったのだ。

うまくいえないが、女の子はへまをしないタイプに見えた。鉛筆の芯を削り過ぎて折るようなことはないだろうし、ハーモニカも上手に吹けて、絶対唾の臭いなんかしなさそうだ。靴の右と左をどうしても間違えてしまい情けない心持ちになったりしたこともないと思える。とにかく親にがみがみと小言をいわれる子供ではなさそうだった。第一、母の水色エプロンさんは口やかましくないだろうし。

そら豆さんの母だって、機嫌のよいときはある。だが、そういうときにかぎって、そら豆さんはなぜかかならずへまをしてしまうのだった。入院してからはそんなに叱られなくなった。だが、叱るときは本気を出してくる。フライドポテトがたべたいといったり、じっとしていないときだ。本気で叱られると分かっていながら、そら豆さんは病室を抜け出して、売店をうろちょろしているのだった。

「……お菓子をたべても『かもしれない』になるんだ」

女の子が眉をひそめた。

「まだあるよ」

「まだ？　『かもしれない』が？」

女の子がじっとそら豆さんを見る。凝視しすぎてちょっと寄り目になっている。

「……先生がいいというまで、おくすりをのまないとならないとか」

口にした途端、わりと当たり前のことをいったと思った。女の子の目も、それは普通、といっているようだ。

「じゃあ、治るんだ？」

おくすりをのみつづけたら、を省略して女の子が確認する。

「かもしれない」

「いつ？」

「来月。退院するみたいだから」

「たいいん？」

「家に帰ること」

そら豆さんは女の子に「退院」を教えてあげた。こういうのも、とお菓子コーナーに並んだ品々を指差して、

「たべても死ななくなること」

こうしなくても、と口もとを覆っていた手に力をこめてから一瞬離して、

「死ななくなること」

すぐには無理だから気をつけないとならないんだけど、と少し慌てて付け加えた。

「すごいね、退院」

女の子が胸の上で手を重ねた。ばんざいっていうか、おめでとうっていうか。

「お正月みたいだね」

「うん」

いわれてみたら退院はなかなかお正月っぽかった。たとえばカレンダーを新しいのに交換する感じに似ている。改まる、と実感する。なにもかも。


それから女の子とは売店で何度か顔を合わせた。会うたび、同じような話をした。話をするたび、退院の日に近づいていった。日にちが決まった報告をしたら、前の日に会おうということになった。平日の午前中に退院する予定だった。女の子は学校があるからその時間に病院にくることができない。

手紙を書いてくると女の子はいった。大切にしている松ぼっくりがふたつあるから、ひとつあげる、と約束した。そうだ、約束だ。いままでは、たまたま顔を合わせていただけだった。日を決めて会うのは初めてだ。つまり、「約束」して会うのは。

「……こなかったんですね」

宮古正晴の声を展子は思い出している。

はとりみちこの家で年賀状を書いていた。
喫茶「喫茶去」でそら豆さんの話を聞いた明くる日である。
毎週土曜に「猫村さん」をやるはずだったが、一度しかやっていなかった。今日は、はとりみちこのぶんの年賀状の宛名書きをまずやった。その後、確定申告用にと領収証の整理をやって、クリーナーをかけた。湯豆腐の準備をしたら、時間が空いたので自分用の年賀状書きに着手したというわけだった。持参してきた昨年貰った年賀状を見ながら宛名を書く。ＰＣは持っているが、プリンタは買っていなかった。
あけましておめでとうございます
平成〇×年　元旦
年賀状を引っくり返したら、賀詞と来年の日付が目に入る。来年元旦の心持ちで、「昨年」お世話になったお礼を書き、「本年」もどうぞよろしくお願いいたします、と書く。親しみを込めて、それぞれになるべく個人的なひとことを認《したた》める。
そら豆さんが泣き出したとき、心中がざわついた。素裸の感情が混ざり合った。だから自分のなかでさえ、簡単に取りまとめたりしたくなかった。居合わせた者として、この場にたいする心持ちがまことでありたいと、あのとき思った「この場」の成り立ったきっかけはリコである。

泣きじゃくるそら豆さんを見ていたら、リコと会っていたときに起こった胸のうちの波立ちが思い出された。

もちろん、リコが展子を非難したことなど一度もない。泣いているのを見たこともない。けれどもリコと接していたとき、ものの分かったような顔を作り、知ったような言葉を吐くのに神経を集めるばかりで、混ざり合う素裸の感情からは目を逸らしていた気がする。

友情と愛情のあいだのような、よい匂いがあわく漂う、温かな気持ちはセンシャルといっていいとふと思う。心が動けば官能に触れると、考えを進める。まじわるだけが官能ではない。うずいたり、ふるえたり、渇いた唇を舌でゆっくりと湿らせたくなるような、そんな初事めいた衝動にも性的なニュアンスがある。衝動の向かう先は異性とか同性とか、そういうの、あんまり関係ないんじゃないのかなあと、愚か者のように首をかしげてみたくてならない。

リコや、リコとのあれこれを思うと、胸が痛む。後悔があるから痛むのでは、たぶんない。心はここにあるのだなと思える痛みを感じた瞬間は、リコと接していたときから幾度もあった。

「それはそれは」

はとりみちこが鍋から豆腐を掬っている。取り皿にそうっと入れて、テンコちゃんがそういうことを考えるところをみると、と湯気の向こうで笑みをこぼした。

「現在、もろもろ官能中なんでしょうねえ」

「なんですか、官能中って」

「パン屋さんといい感じなんでしょ」

「……端的にいうと五里霧中ですよ」

宮古正晴がいま勤めている店を年内いっぱいで辞めて、独立することを話した。

「それって、そんなに深い霧？」

自分で深くしちゃってるんじゃないんですか、テンコちゃん。はとりみちこは軽々とそういった。展子がなにかいおうとしたら、そら豆さんの思い出話に話題を移した。ネフローゼで入院中に出会った女の子との話だ。

「リコの子供時代の逸話みたいね」

という。

「どっちがですか？」

展子が念のため訊いたら、

「どっちも」

と答える。

「テンコちゃんの要素も入っている」

もちろんそら豆さんも。きっと江口由里さんも入ってるわね。柊子さんも入ってるかもしれない。柊子さんといえば、と、はとりみちこが声を張った。

「お正月休みに家族旅行に出かけるんですって」

「……温泉かどこかですか？」

はとりみちこがどの方向に話を持っていこうとしているのか、展子には分からなかった。なんとなく宮古正晴のことを考えている。そら豆さんの思い出話に登場した女の子はリコなのではないかというばかげた思いつきも捨てきれないでいる。リコは、どこにでもいる気がしてくる。だからどこにもいないと思える。

「ニイザよ」

テンコちゃんがパン屋さんと行ったところ。はとりみちこが含み笑いをした。どうやって話をつなげるつもりなのだろうと、展子ははとりみちこの上機嫌な顔を見ていた。

「その前に訊きたいことがあるんだけど」

はとりみちこが卓に両肘を乗せて、湯豆腐の鍋越しに身を乗り出すようにした。十二月二十七日。今年もあと四日。

12　深夜零時に鐘が鳴る

　どうという町ではなかった。中都市と小都市のあいだくらいの規模である。幅の狭い道路の両側に、マンションや、一戸建てが軒を並べていた。ガソリンスタンドのほかに、食堂、倉庫、町内会館などもあったが、建て込むというほどではない。喧噪らしきものも聞こえてこない。ひとや車は往来しているものの、展子の見るかぎり、頻繁ではなかった。ひとも、車も、通り道を利用しているというふうで、その道は、それぞれにとり、「いつもの道」と思われた。「いつもの道」を通って、たぶん、「いつものところ」へ行くのだろう。

　日常、もしくは、生活。そんな単語が胸に浮かび、展子は首をかしげた。ここで暮らしているひとがいるのだなあ、と思うのは、見知らぬ町を歩いたときにかならず抱く感想だ。札幌市内でも馴染みのない界隈を通りがかるたびにそう思うのだから、月並みな感想である。ニイザってどんな町だった？　と訊かれて答える代物ではない気がする。

少し考え、

「……特徴のようなものはべつに」

といった。これといって、とちょっと急いで付け加える。

その町に特徴があるとすれば、宮古正晴と重なり合った場所ということだった。ニイザ、と呟くだけで、吐息が漏れ出てきそうになる。だって、ほんの二日前の出来事なのだ。実をいえば、忘れているときのほうが少なかった。感触が、ふいに思い起こされて、目をつぶりたくなる。感覚を、追いたくなるのである。控えめに深呼吸してから、口をひらいた。印象に残っていることを強いて挙げるとするならば。

「公園かなにかのなかの建物の壁に、わりにでかでかと『ＳＥＸしたい』と落書きしてあったくらいで」

いった途端にまぶたが膨らんだ。直結したことをつい口にした感じがする。お腹のなかに閉じ込めておいた、こりこりとしたものとじかに結びついたようである。その落書きを見かけたときにも胸のうちがざわついた。志緒理さんが羽田まで送ってくれた車の窓から景色をながめていたら、目に飛び込んできたのだった。赤いスプレーで書かれた露骨な文言が、案外ゆっくりと通り過ぎた。

「……それはまたずいぶんと」

率直な表現だわね。はとりみちこがからだをはすにして、椅子の背もたれに片肘をかけた。そういう落書きはいまどきめずらしいかも、とひたいを掻く。中学生かなあ、と落書きの犯人を推定し、猪口《ちょこ》を引き寄せた。口もとまで持っていって、堪えきれずに噴き出した。

「まあ、よっぽどしたかったんでしょうけれども」

書かずにはいられないほどの性欲ってやつ？　ニイザに幸多かれって感じですよ、テンコちゃん。はとりみちこは、猪口を目よりも高く持ち上げてから、純米酒を呑んだ。丁寧に卓に置き、でもあたしの訊きたかったのは、と頰杖をつく。

「彼《か》の地での、テンコちゃんの足取りなの」

立ち回り先っていうか。志緒理さんというひとのお宅以外にどこかに行かなかった？

行ったはずだという目をして展子を見る。ああ、それなら。展子は、ぽんと膝を打つような目で、はとりみちこを見返した。

「焼き肉屋さんに行きました」

志緒理さんの家の近くの。名前は忘れたけど、レバ刺しが美味しいという店で。残念ながら開店前だったから、味のほどは確認できなかったけど。

「けど？」

「けど」

窓越しにごはんをたべる店員さんたちを見て、といい、展子はそのとき思ったことをはとりみちこに伝えた。

「ＯＫ」

はとりみちこが満足げにうなずく。志緒理さんの住所を教えて、と少し急《せ》き込んでいった。展子がバッグから携帯を出したら、はとりみちこも立ち上がって、センターテーブルに置いてあった携帯を取ってくる。埼玉県、と展子がいいかけたら、ちょっと待って、とどこかに連絡を入れ始めた。だれかとつながったらしく、いいわよ、つづけて、と先を促す。

「埼玉県、新座市」

展子は、はとりみちこにいわれるまま、携帯のアドレス帳に登録してある志緒理さんの住所を読み上げた。

「なんですか、一体」

と訊ねたのは、はとりみちこが通話を終えてからだった。

「だれだったんですか、電話の相手」

「分からない？」

はとりみちこは、湯豆腐鍋に穴開きちりれんげを入れ、金魚すくいをするように動かしていた。

「ほんとうに？」

と口もとをゆるめている。展子も唇の力を抜いた。

「……柊子さん、ですね」

当たりとも外れとも答えず、はとりみちこは、穴開きちりれんげを引き上げた。せっかく掬ったくずきりなのに、トンスイまで運ぶまでに幾本かは鍋に落ちた。ねえ、テンコちゃん、と呼びかけてくる。きっと話題を変える気だ。展子はわずかに身構えた。はとりみちこはなにをいい出すか分からないところがある。

「指切りげんまんするだけが約束じゃないのよ」

案の定だ。前触れもなく、まったく違う話になった。予想はしていたもののわずかに面食らった展子を尻目に、はとりみちこはうつむいて、つるつるっとくずきりを啜っている。穏やかな声だった。聞きようによっては投げやりの気味もあり、展子としては、そこが少々気にかかる。はとりみちこが顔を上げた。展子と視線を合わせてくる。唇をつぼめ、くずきりの最後の一本を口中に啜り込んだ。

「そんな約束、窮屈じゃない？」

たとえ、会う日を決めたって、大切にしている松ぼっくりがふたつあるから、ひとつ、あげるといわれたからって。はとりみちこは、どうやら、そら豆さんの思い出話に話題を戻しているらしい。

「結局その子と会えなくて、松ぼっくりを貰えなかったとしても」

仕方ないじゃないの。そりゃまあたしかに、幼心が深く傷つけられた一件ではあるけれど。はとりみちこが純米酒のキャップを外した。四合瓶の口のほうを持って、展子の猪口へと勢いよく注ぐ。

「約束を反古《ほご》にされたら、幼心じゃなくても傷つきますよ」

「仕方ない、なんていい出したら、話はそこで終わっちゃうじゃないですか、と展子は思わず気色ばんだ。卓にこぼれた純米酒をふきんで拭く手に力が入り始める。はとりみちこの意見は愉快に聞けるものがほとんどなのだが、今回ばかりは承服しかねた。猪口のほうに唇を持っていって、純米酒を啜る。嵩《かさ》がちょっぴり減ったところで猪口を持ち上げた。酒をあおって威勢よく反駁《はんばく》したかったのだが、ひと息で呑みくだせるほど強くないので、口のなかに溜める恰好になった。少しずつ喉に落とす。目は、はとりみちこに合わせていた。鷹揚にうなずくさまが、なんとなく癪《しゃく》に障る。ややあって、はとりみちこが口をひらいた。

「あのね」

展子が純米酒を呑み干すタイミングを見計らったようだった。自分が話のできるようになるまで待っていたのだろうと展子は察する。武士の情けをかけられた気がする。わたしをいいまかすのなんて赤児の手を捻るようなものだと思っているのだと思えば、はっきりと癪に障った。

「果たせるかどうか分からないから『約束』するんじゃないんでしょうか、テンコちゃん」

「では、『約束』なんか、もともとあてにならないものだから、裏切ったり、裏切られるのが当たり前とでもおっしゃりたいんですか、はとりさん」

「そうはいってない」

「いったも同然かと」

「いやいや、テンコちゃん。あたしは約束に関しては、どちらかというと、果たされるケースのほうを珍重したい派なわけで」

「ばかいっちゃいけませんよ、はとりさん。約束は果たされるものと相場は決まっているんじゃないですか。守らないでどうするんですか。だから世の中の秩序が保たれているんじゃないいんですか？」

「だから返しをしますけれども、だから、秩序を保つためにわざわざ約束しなきゃならないいんじゃないでしょうか」

「はとりさんは、基本的に、ひとを信じていないいんですよ」

「え、どっちが？　といいたいところですが？」

「わたしではないのはたしかですが？」

「申し訳ないけど、当方、約束は祈りと似ている説を信じる者でね。叶えられたら、大いに喜ぶ。叶えることができたらできたで、またしても喜ぶ。よくやった、自分、みたいな？　ひきかえテンコちゃんは反古にされたら大いに憤る。あるいは悔しがる。ひょっとして憎む。なぜなら、自分は絶対に約束を破らないと思い込んでいるから。ゆえに」

相手に約束をさせたがるんですよ。約束がないと不安なんですよ。それ、信じてないからでしょう？　相手よりも自分自身を高潔な人物だと思っているんでしょう？

はとりみちこは心持ち上げた顎に手のひらをあてがっていた。

「できない約束ならしないほうがいいと思います」

常識です。展子も顎を上げて、断言した。はとりみちこが即座に言葉を返してくる。

「できない約束だから、しないいんじゃないですか」

あ。展子の表情が急にほどけた。

眉頭《まゆがしら》に入れていた力がふわっと抜ける。

核心をつかれた感じがする。むろん虚もつかれたが。

「……なんのことでしょう？」

と一応、訊いた。心臓が跳ね、そして、深く沈み込むようだ。はとりみちこがまたしても即答した。

「パン屋さんのことですよ」

展子は鼻から息を吸い、吐いた。ああ、なるほど、と呟く声は、我ながら頼りなかった。短いうなずきを数度、やる。そうですか、と繰り返す。なるほど、も二度いった。そういうことですか。

「……まさか、最初から、そこに話を持っていこうとしていたとか？」

「もちろん」

はとりみちこが胸を張る。

「そして、もちろん、約束は守るに越したことはない」

と付け加えた。

「しない約束だって果たされないわけじゃない」

さらに加える。

「パン屋さんが、ずるい男じゃないと仮定しての話だけど」

自分の逃げ道を残しておきたいばっかりに、女と約束しない男じゃないんでしょ？

はとりみちこはここで展子を少しだけ笑わせた。展子の口のはたがゆっくりともとの位置に戻るのを待って、

「しない約束を気にする必要なんて、もしかしたら、そんなにないかもしれないと思ってもいいかもしれないと思うの」

と、回りくどいことをいった。次に口にしたのは、ごくあっさりとした言葉だった。

「現にテンコちゃんはリコを捜した」

それはきっと約束のようなものでしょう？　はとりみちこのしてやったりというふうな笑みが胸に残って、十二月二十七日が終わった。

大掃除をした。無心を心がけた。冷蔵庫のなかと外、あるいは下。思った以上に汚れていて、ふきんがすぐに黒くなる。ゆすいで拭いて、ゆすいで拭いてを繰り返し、あ、いま、無心だったと気づいたら、宮古正晴の感触がからだの奥で正確に再生された。

いやじゃなかった、ということを考えている。ちっとも、全然、いやではなかった。かれを好きだと思うのだが、好きという言葉を使ってよいのかどうか迷うのだった。

からだが諾意《だくい》を示すのと、「好き」という感情を指し示す言葉をどう結びつけるのかは、展子のかねてよりの懸案事項だった。からだのいいなりになるような、そんな女になったらどうしよう、といった、わりと闇雲な恐れが胸のうちに芽生えたのは十代前半だが、「情痴に爛《ただ》れた」といういい回しを覚えた二十代前半には、恐れる必要などなにもないと思うようになった。色情に迷って理性を失い、心も生活態度も荒み切る、そんな女に自分がなるわけがない。安全な男と、安定した生活を送るに決まっている。

展子が（宮古正晴以前に）ひとりだけ経験した男はなりたての検察官だった。顎は少々長いものの、そうわるくない容姿だったし、態度も落ち着いていた。椅子に深く腰かけて、どんな話題でも、明瞭な発音でゆったりと話す。スムーズなデートを二、四度済ませて、ベッドインとあいなった。場所はかれの部屋である。掃除が行き届いていて、すこぶる清潔だった。

セクシーなムードを高めるためにかれが欠かせないと考えたのは、スローミュージックだったようだ。行為の途中でもＣＤを替えに行くのだった。ちょっと待ってて、と、粋な男みたいな口ぶりで展子の耳にささやいてから、そそくさとベッドから離れるのである。

いや、それだけじゃなくて。窓の桟を雑巾で拭きながら、展子は考える。口づけを交わしたとき既に、目をつぶっていれば大丈夫、と思ったのだ。重なり合っている最中もずっと目を閉じていた。早く終わってくれればいいとそれだけ胸のうちで唱える行為は、性の行為ではあるけれど、性的ではないと気づく。

あのときは、いくら「好き」だと思おうとしても、からだが承諾しなかった。感触を思い起こして、目をつぶるのは同じだが、感覚はまったく違う。追いたくなるのと、振り払いたくなるのとでは同じはずがないのだが、そこを展子は不思議に思う。行為はだいたい同じようなものなのに、どうしてこんなに違うのだろう？

技術だの、相性だの、知った口はききたくなかった。「好き」という言葉がやはりもっともしっくりくる。それでいいような気がする。うん、それでいいじゃないですか、テンコちゃん。はとりみちこの口調を真似てから、すごく好きだと胸のうちで言葉にした。何度でもいいたい。すごく、好きだ。好きだ、すごく、と、時々いい換えてみたりもする。十二月二十八日。

スーパーマーケットに行った。玄関前に正月飾りを販売するコーナーが設けられている。大中小さまざまの注連《しめ》飾りが並んでいたが、オーソドックスなものには、かならずセルロイドのお多福が付いていた。お多福はそら豆さんにそっくりである。そら豆さん大活躍、と口のなかでいった。本物のそら豆さんに思いを馳せた。

結婚して初めて迎えるお正月だから、さぞ張り切っていることだろう。照明の傘の清掃や、買い出しなどを根上茂に割り振って、根上茂が文句をいったら、こっちだって忙しいんだから手伝ってくれてもいいじゃないのと、ぷんと怒ってみせているに違いない。それはつまり、夫をお尻にしいていると見せかけて、甘えているということなのだ。年が明けて、喫茶「喫茶去」に行ったら、のろけ話をたっぷりと聞かせられるはずだ。覚悟しておかないと、と思ったら、展子の頰に微笑が浮かぶ。

結局、そら豆さんに敬意を表し、お多福の付いた注連飾りを選んだ。いちばん小さいものだ。鏡もちも小さいのを選んだ。雪だるまみたいなかたちをしている。三方も飾りも付いていないが、それでいい。

アパートに戻ったら、郵便受けに葉書が入っていた。なにかの間違いで早めに届いた年賀状かと思ったが、違った。リコからだった。リコから葉書が届いた。十二月二十九日。

注連飾りは玄関ドアに粘着シールで貼り付けた。鏡もちはテーブルの上にそなえた。コートを着込み、展子は出かけようとしている。コンタクトレンズは装着していない。眼鏡をかけている。手荒な扱いのせいで歪んだ眼鏡だ。あちこちひん曲がっていて、かけても顔にフィットしない。すぐにずり下がってくる。行き先は実家で、泊まる予定なのだから、身なりにはさほどかまっていなかった。時刻は午後一時。カーテンを閉めたので薄暗くなった部屋のなかに、展子は立ち、手にした携帯を眺めている。息をついてから、眼鏡をずり上げた。宮古正晴の番号をアドレス帳から呼び出す。発信キーを押し、水色の携帯を耳につける。空いた手に持っているのはリコからの葉書だ。昨晩、幾度も読んだ文面に目を走らせる。

掛け値なしにご無沙汰しています。

実は、先日、テンコちゃんとミヤコちゃんを見かけました。後ろ姿でしたが、すぐに分かりました。あのとき、ふっ、と、振り返ってみて、ほんとうによかったです。すぐに茶碗と箸を置いて、入口のガラス戸を開けました。声をかける勇気は出ませんでしたが、わたしはずいぶん長いこと、ふたりの背なかを見ていました。

よかったら、また、あそびにきてください。

もう、どこにも行きません。

ずっと、ここにいます。

ごめんなさい、と、いいたくて、葉書を書きました。ごめんなさい。でも、テンコちゃんの住所は昔のしか知らないので、もしかしたら、届かないかもしれません。届かなかったら、ごめんなさい。なにもかも、ごめんなさい。ミヤコちゃんにはテンコちゃんから謝っていただけますか。

「ごめんなさい。ミヤコちゃん、ごめんなさい」

文面を読み終え、住所を読み上げ、

「×松本リコ　○芝田倫子」

差出人の名前を読んで、展子はひと呼吸置いた。

「なるほど」

宮古正晴の低い笑い声を聞いている。

「元気そうで仕合わせそうなのは分かった」

なんかもう、それだけでいいような気がする、と、長く伸ばした笑い声が、「より大きい」の不等号みたいに高くなっていく。

「字がね」

展子も顔をほころばせている。

「読みやすい字なんだけど、『ごめんなさい、と、いいたくて』以降、急激に小さくなるのよ。みっちみちに詰めて書いてあって、『ミヤコちゃん、ごめんなさい』の部分なんか米粒に字を書くひとみたいな感じなの」

「職人技だ」

「中盤の三行を大きく書き過ぎたみたい」

宮古正晴とただただ笑い合っているあいだ、展子は明くる月のことを考えていた。

「よかったら、また、あそびにきてください」とリコは書いているが、来月初旬、ほんとうにあそびに行く懐かしいひとたちがあることはまだ知らない。リコがリスと名乗っていたときに居候をしていた柊子さんの一家が正月休みを利用して、彼の地に赴く予定なのだ。

柊子さんが、なぜ、リスの居場所を分かったのかは、いわずもがなだ。夢をみたに決まっている。あるじにもかかわらず、タイム屋文庫でいままで一度も夢をみなかった柊子さんが、たぶん、初めてみた夢だろう。しない約束を果たすために、レバ刺しの美味しい焼き肉屋に行くのだった。その店はニイザにある。

拙作『タイム屋文庫』で喩えるなら、と、はとりみちこがもったいぶった口調でいった。彼の地は、まさに龍の舌の先ってことになるわけよ。その比喩の意味が分かるひとって、日本で何人いるんですか？　展子が雑ぜ返したら、多くはないわね、と、はとりみちこが襟足をさすった。口角を中途半端に持ち上げて、つづけた。買って読んでくれたらありがたいけど？

「ところで」

宮古正晴が声を改めた。短い沈黙のあとだった。

「元旦、どうです?」

「……どうです、というと?」

「初詣」

「ああ、初詣」

いいですね、初詣。わりとあからさまに弾む自分の声が展子のお腹のなかで反響する。いいですね、と口のなかで呟いたら、また反響した。

「で」

一拍置いて、

「待ち合わせ場所なんですが」

と宮古正晴が指定したのは、かれが来年三月に開店する店だった。とある神社の近くだ。住所を聞き、簡単な説明を受けたら場所はだいたい把握できた。札幌の市街地は、いわゆる碁盤の目状に道路が走っている。じゃあ、一月一日に。通話を終えて、展子はアパートを出た。約束という言葉が胸を過ぎる。宮古正晴と交わした約束は、不測の出来事が起こらないかぎり、果たされる類のものだ。だが、展子は、約束は祈りと似ているという説を採りたくてならない。叶えられたら、どんなに嬉しいだろうと思うからだ。地下鉄とバスを乗り継ぎ、実家に帰ったら、風呂の大掃除が残っていた。お風呂掃除は子供のころから展子の担当じゃないの、と母が腰に手をあてていう。それもまた約束である。十二月三十日。

栗きんとん作りを手伝わされる。年越し蕎麦に載せる海老の天ぷらを揚げさせられる。お風呂に入ったあと、神棚を拝まされる。明日の朝もきっと拝まされると思った。

紅白歌合戦の後半で母が蕎麦を茹で始めた。郁美《いくみ》さんは洗いものをしている。杏子は兄の膝に頭を乗せて眠っている。兄が娘のひたいを撫でている。父は肩たたき棒で背なかをトントンしながらテレビを観ている。展子は散らかった食卓を片付けていた。北海道では、大晦日に、ご馳走をたべる。これをお年取りという。年越し蕎麦が出来上がり、南蛮、どこだ？　と父が一味唐辛子を母に要求し、郁美さんが持ってくる。大人たちだけで蕎麦をたべた。たべ終わったら、兄一家が帰った。杏子は眠ったまま兄に抱かれていた。

展子は二階の自室に上がった。窓を開ける。

除夜の鐘の音が聞こえてくる。教会の鐘の音も聞こえてくる。寺と教会が同じ町内にあるのだった。音色は違うが、どちらも、恐ろしいほど澄んでいる。晴れた夜空に高らかに響き渡る、新年を迎えるための鐘の音が、展子の耳のなかいっぱいに広がっていく。深夜零時。十二月三十一日。

やはり神棚を拝まされた。雑煮をたべて、家を出た。足跡をつけて、バス停まで歩く。空の青さが気温を下げているのだと思う。晴天の日は気温が低いのだ。踏み出すたびに、雪が鳴った。その音しか聞こえなかった。空気が動いていない感じがする。息を止めているように静かである。

バスを待っていたのは展子ひとりだった。バスがきて、ステップを上がったら、車内に数人の乗客がいた。皆、用事のない顔つきをしているように見える。制服を着た運転手だけが明らかに用事をしている最中である。はい、ドア、閉まります。無反応の乗客に一応声をかけた。バスが車体をひと揺すりさせて、動き始める。展子は振動に身をまかせている。冬のバスの揺れ方は愉快だ。わだちのせいで、夏よりもたくさん揺れる。

(ただ白いだけの箱のようなものですが)

ぼくの店で待ち合わせませんか、といったあと、宮古正晴がそうつづけた。その言葉を展子は胸のうちで繰り返している。

（ただ白いだけの箱のようなものですが）

タイム屋文庫でみた夢と重ねるなどというほうが無理だろう。白い夢をみたのだ。目に入ってくるもの、とにかく全部が真っ白いのである。天井も壁も床も、みんな。白い箱のなかにいるようなものだった。そこで、展子はだれかと見つめ合っているのだった。いや、だれかではなく、なにか、かもしれない。これから始まりそうな「なにか」だ。塗料の匂いを嗅いだ気がした。その白い箱のなかへ、わたしは踵を浮かせて入っていくのだろう。

「あけましておめでとう」

宮古正晴と軽く頭を下げ合った。白い箱のなかからガラス越しに外を見る。よく知らない町並みを目にしたときに抱く平凡な感想を胸に浮かべた。「いつもの道」を通って、「いつものところ」へ行けるようになりたいと思うのは、約束のようなものだ。だから、展子はこの町にも、あけましておめでとう、と挨拶をすることにした。リコのいう通り、時間は、たぶん、足し算で流れている。ただし、チャラにはならないけれど。一月一日。新しい年。あけましておめでとう。

解説

三浦天紗子

二〇一九年、第161回直木賞は、候補作の著者が全員女性で、芥川賞・直木賞を通じて史上初だったことで注目を集めた。今後もこうした並びになることはそうそうないだろうから、長く記憶される回かも知れない。そんなレースで直木賞に初ノミネートされた、朝倉かすみ。『平場の月』は、下馬評では強く本命視されていた。同作は、すでにその年の山本周五郎賞という重賞に輝いていたことがどう影響したのかはわからないが、残念ながら受賞には至らなかった。

しかし『平場の月』は、病や死が身近になってくる五〇歳になって再会した元同級生の男女の〈ちょうどよくしあわせ〉な機微が、涙腺をつんつん刺激してくる大人の恋愛小説としてロングセラーとなり、おそらく朝倉かすみという書き手の存在をこれまで以上に世間に知らしめたことは疑いがない。と同時に、平場というやや耳慣れない言葉の認知度も拡げたように思う。政治用語では、国会審議以前の党集会のような場を、お笑いの世界ではネタ以外のトークなどの部分を言うのが〝平場〟。市井の人々にとっては、自分の普段の居場所というか、安心できる日常の場所のことだろう。要は、ハレではなくケの場。考えてみれば、朝倉かすみはずっと、平場を書く作家だった。

たとえば、単行本デビュー作となった『肝、焼ける』。北海道新聞文学賞に輝いた「コマドリさんのこと」を含む五編の短編集だが、表題作は、年下の恋人の気持ちがつかめない七歳年上の真穂子のじれったくてキモ焼ける気持ちを、切なさとユーモアとを交えて綴っている。若いと胸を張るには少しばかりトウのたったヒロインのいじらしさとイタさの間を縫うように描かれる心理に普遍性があり、同作は小説現代新人賞を受賞。また、二〇〇九年に吉川英治文学新人賞を受賞した『田村はまだか』では、五人の男女が、札幌・ススキノのスナック・バーで小学校の元同級生・田村を待って、おのおのの胸に浮かんだ思いを抱きしめる。会社の先輩から受け取った胸に響くアドバイス。うんと年下の生徒への恋とも呼べないほどの思慕。打ち明けることのできない不倫話。満四〇歳を迎える彼らには、自分なりに心が動いたドラマがあるのだ。悪天候で飛行機が遅れ、この同窓会に三次会になってもなかなか現れない田村よ、来い。小さな祈りに何かを託してしまうのは、人間の性《さが》のようなものかもしれない。ほかに、女同士ならではの微妙な関係性を描いた『少しだけ、おともだち』や、人生も半ばとなり、期せずやってきた節目をモチーフにした『たそがれどきに見つけたもの』など。本書『深夜零時に鐘が鳴る』に登場するのも、もちろんそんな〝平場〟の人たちだ。

主人公の匂坂展子《こうさかのぶこ》は、札幌在住で、繊維の専門商社に勤める二十九歳。〈できれば、がっかりせずに生きていきたい〉というのが基本方針で、暮らしぶりは「堅実」というよりは「堅物」だ。買い物と恋愛は違うはずだが、〈展子は、ふだん、自分の趣味とパーフェクトに一致するものと出会うまで、財布のひもをゆるめない。辛抱強く「運命の出会い」を待つ〉倹約家でもある。そのような信条の女性に、恋人がいないのもうなずける。折り目正しく、人生のハプニングのようなものには近づこうともしなかった展子の転機は、思いがけない形で訪れる。

展子が、親と姪へのクリスマスプレゼントを見繕《みつくろ》いに出かけた師走の日曜日。ショッピング施設のブランドショップから出てきた男女の、男のほうに見覚えがあった。偶然再会した根上茂は、かつての女友達リコの元カレだ。いい印象はない。連れていた女性は、ひと月ほど前に結婚したばかりだという〈そら豆さん〉だった。そら豆さんは、展子の行きつけの喫茶店〈喫茶去《きっさこ》〉のウエイトレスで、展子はいくつかの理由から、胸のうちで勝手にそう呼んでいる。関係を紹介し合った後は、展子と根上の間にはどうしたってリコのことが浮かんでくる。リコは六年前に、ふたりの前からふいに姿を消したのだから。

大学生だった展子が、フリーターのような暮らしをしていたリコと親しくなったのは、神様のいたずらとしか言いようがない。だが、人と人とのつながりは、現実でもわりとそんな奇縁が生み、作るものではないか。朝倉かすみは、同性への憧憬《しょうけい》が狂気めいた執着に変わっていく『ほかに誰がいる』のような、あるいは、名をなすことを目標に共犯関係を結ぶふたりの少女の絆『てらさふ』のような、距離の近い女同士の濃い関係性の作品もうまいが、本書のような、ちょっとした偶然や浅いつながりが、さび付いていた人生を動かすギアの役割を果たす小説もうまいのだ。

根上夫妻と別れてから、展子は否応なく〈月に一度会うか会わないかの間柄〉で〈顔見知りに色をつけたくらいの存在〉だったリコについて考えさせられる。リコが胸を張って〈お正月になるとね、なにもかもいったんチャラになるんだよ〉と言った言葉が、独特の重みを持って蘇《よみがえ》る。友達と思えるほど対等ではないと軽んじていたこと。かのじょがいなくなってもそのまま探さなかったこと。リコとの思い出を職場でウケ狙いのエピソードトークのようにしていたこと。数々の後ろめたさにけりをつけたい、と思った展子は、行方知れずのリコの手がかりを求めて動き出す。

　まずは、リコがルームシェアしてたはずのパン屋の〈ミヤコちゃん〉の名が上がる。幼なじみだという〈えぐっちゃん〉についても思い出す。さらに、展子たちをうっすらとつなぐ〈小鳥シリーズ〉の〈ハンカチ〉。ミヤコちゃんやえぐっちゃんに会って話を聞くうちに、展子は、いや、当のふたりや根上夫妻までもがみな、自分が知っていたリコとは違うかのじょの一面を知っていくことになる。そういえば物語の始まりで、根上は、展子を視認したとき反射的に〈テンコちゃん〉と呼んだ。リコに倣《なら》ってそう呼んでいた名残なのだが、その軽やかな愛称に、ちょっと意外な印象を受けた。それまで描かれてきた几帳面すぎる展子の人物像とは違う顔が、〈テンコちゃん〉にはあるのかもしれない。その予感は当たっていて、物語が進むにつれ、展子の〈ほどほどのところで手を打つ〉的な安定志向の人生観は、本音のところではもっと大胆になりたいとくすぶっていたのがわかってくる。〈正直になりたい。自分の頭のなかだけで広げた思いや考えなのに、他人の目から隠そうとするようにして、自分自身からも隠すのをやめたい〉というのが展子の決意だ。

　リコや展子だけではない。ミヤコちゃんやえぐっちゃん、なぜか勝手に敵対心を燃やしてきて展子がうっとうしがっていたそら豆さんさえ、こちらの予測とは違う部分が顔を出す。いい人、真面目な人、面倒くさい人……人間はそんな簡単に形容できるほど単純ではないのだなと思わせる、愛すべきポテンシャルの瞬間が必ずあるのが、朝倉かすみの小説の美点だ。

そうして、リコの手がかり探しを続ける中、展子は元会社の先輩でいまは作家となった、はとりみちこから〈ねえ、わるいんだけど、『猫村さん』、やってくれない？〉と頼まれる。猫村さんとは、ほしよりこのマンガ『きょうの猫村さん』の主人公で、猫の家政婦さんのこと。年末進行で二進《にっち》も三進《さっち》もいかない状態のはとりみちこが、週一回だけ家事をお願いというわけだ。このように、朝倉かすみは実に比喩《ひゆ》に長けた作家であることはよく知られている。比喩といっても、空疎な美辞麗句ではない。思わず膝を打つような喩《たと》えや、その感覚がすとんと腑に落ちる言い回しのほう。たとえば、言葉で気持ちは伝わらないという諦念《ていねん》があったころの展子の心情を〈自分の口からこぼれる言葉は、サイズの合わない衣服のようなもの〉と書く。大きな仕事に抜擢《ばってき》された入社二年目の女子社員の鼻高々な様子に対して〈展子の心中にも波は立った。同僚と同じようにエチケット袋にほんの少し嘔吐《おうと》しそうになったが、「取りなす」ことで凪《なぎ》の状態に戻そうとした〉と綴る。読者たる自分もかつて抱いたことがあるもやもやを、一字一句正確に文字にしてもらった快感。〈猫村さん〉のような固有名詞も、針の穴を通すような絶妙さで放り込んでくる。

閑話休題。展子とはとりみちことのつながりには、リコの消息ともつながるエピソードがある。展子ははとりみちこに案内され、古書店兼喫茶店〈タイム屋文庫〉を訪問する。その際、店主の〈柊子《しゅうこ》さん〉が語る謎の少女についての記憶をもとに、柊子さん、はとりみちこ、展子の三者で話し合われる推理が、ひとつのヒントになる。〈タイム屋文庫〉と言われてファンはお気づきだろうが、もちろんそこは朝倉かすみの既出作『タイム屋文庫』の舞台。本書はそれとリンクするお話なのだ。タイム屋文庫は、板敷きの居間でうたた寝すると、未来が見られるという変わったウワサがあるお店で、ここでうたた寝した展子が見た夢も、またその後の伏線となる。

なお虫食い状態ではありつつも、次第に、正体不明だったリコの〝ひととなり〟のピースがかなりはまってきたとき、リコの現在の居場所かもしれないある場所が示される。果たして、展子はその地でリコに再会し、〈なにもかも、いったんチャラに〉することはできるのか。すわ、これがクライマックスかと思ったその先に、まだ怒濤《どとう》の展開が待っている。本書は、師走の初めから、晦日から元旦に年をまたぐまでの約三週間がカウントダウン方式で書かれている物語なのだが、いよいよ年の瀬というころに、展子に起きる大転換が本当にステキだ。

ところで、本作の親本の出版は二〇〇九年。『平場の月』から遡《さかのぼ》ること十年のその年は、朝倉かすみという作家の力量をこれでもかと見せつけた一年でもある。『ロコモーション』『玩具の言い分』『ともしびマーケット』『静かにしなさい、でないと』、そして締めくくりに『深夜零時に鐘が鳴る』。この年なんと五冊を上梓。しかも、サスペンスあり、官能あり、群像劇ありと、すべて違うテイストの作品なのだ。この作家の抽斗《ひきだし》の多さ、語りの豊かさにあらためて目を瞠《みは》る。その五作のうち、文庫化されていなかった最後の作品がいよいよ文庫の運びとなった。だが、読めばわかる。すでに十年前に、朝倉かすみという作家は完成していたのだ。淡々としていて、喩えがうまくて、どこか突き抜けていて。いい意味で「変わらない」ことを、ぜひ本書で確認されたし。

（みうら・あさこ　ライター、ブックカウンセラー）

本書は、二〇〇九年にマガジンハウスから
刊行された単行本に加筆修正したものです。

深夜零時に鐘が鳴る

潮文庫　あ－2

2019年　12月20日　初版発行

著　者　朝倉かすみ
発行者　南 晋三
発行所　株式会社潮出版社
〒102-8110
東京都千代田区一番町6　一番町SQUARE
電　話　03-3230-0781（編集）
03-3230-0741（営業）
振替口座　00150-5-61090
印刷・製本　株式会社暁印刷
デザイン　多田和博

ISBN978-4-267-02230-2 C0193